Principesse Favolose

Prima ristampa, novembre 2015

La principessa che leggeva troppe storie di principesse
La principessa Non Voglio e il principe Voglio
La principessa Belbignè e il principe Pennello
La principessa Mille Dispetti

La principessa Tosca e la strega Fosca
Un regno per due principesse

ISBN 978-88-6714-326-9

www.edizioniel.com

Silvia Roncaglia Elena Temporin e Sara Not

Principesse Favolose

EMME EDIZIONI

La principessa che leggeva troppe storie di principesse

illustrazioni di Elena Temporin

Alla mia amica Patti
che prova a trasformare
ranocchi e ranocchie
in principi e principesse
(e a volte ci riesce!)

C'era una volta una principessina che si chiamava Serena, ma serena non era affatto.

La principessina Serena era figlia del re Ugolino di Alto Bosco e della regina Romilda della Bella Selva, e viveva in un regno ricco di boschi e belle selve con alberi secolari e radure meravigliose, laghi e fiumi lucenti. Insomma, viveva in un regno incantevole e tranquillo, circondata dall'affetto di un padre e di una madre che l'adoravano.

Perché dunque la principessina Serena non era serena?

Per colpa delle troppe fiabe di principesse che aveva ascoltato.
Serena, come ogni bambino o bambina, amava infatti ascoltare, prima di dormire, una bella fiaba della buonanotte. E siccome era figlia di re e aveva sette governanti e tutti i suoi desideri venivano esauditi, ogni sera della settimana, a turno, una delle governanti le leggeva una fiaba della buonanotte.
Serena, come ogni bambino o bambina, aveva poi i suoi gusti. C'è infatti chi vuole ascoltare sempre *Cappuccetto Rosso* e chi ama *Biancaneve*, chi ha una vera passione per la fiaba di *Pollicino* e

chi non la sopporta perché l'orco gli fa troppa paura.
La principessina Serena aveva messo una sola condizione: tutte le fiabe che le venivano raccontate dovevano parlare di principesse.
Non voleva dunque saperne di una fiaba come quella di *Hansel e Gretel* dove, anche se c'è una gustosa casetta di marzapane, si racconta di due bambini poveri e di una perfida strega, e neppure voleva sentir parlare di pescatori, di lupi o di orfanelle.
– Voglio la storia di una principessa! – pretendeva Serena pestando in terra il suo regale piedino.

Cosí tata Renata, il lunedí, le leggeva la fiaba di *Biancaneve e i sette nani*. Tata Annunziata, il martedí, le raccontava la storia di una principessa che aveva baciato un ranocchio, trasformandolo cosí in un bellissimo principe. Tata Donata, il mercoledí, le leggeva *La principessa sul pisello*. Tata Beata, il giovedí, le leggeva *Cenerentola*. Prima però, per rassicurarla, faceva un solenne giuramento, baciandosi le dita incrociate o mettendosi una mano sul cuore: – Giurin giurello, principessina Serena! All'inizio non sembra la storia di una principessa, lo so, ma vi assicuro che lo è!

E tata Addormentata, il venerdí, cosa leggeva? Ma *La Bella Addormentata nel bosco*, naturalmente.
Tata Sudata, il sabato, le raccontava la storia di una principessa bellissima, ma

fiera e superba al punto che nessuno dei suoi numerosi pretendenti era di suo gradimento.
Tata Pelata, invece, la domenica leggeva filastrocche sulle principesse, perché un'altra passione della principessina Serena erano le rime.
Era stata proprio lei a pretendere che tutte le sue governanti avessero nomi che facevano rima con «tata». Se poi non li avevano, come tata Sudata e tata Pelata, che in realtà si chiamavano Rita e Sofia, allora andavano subito trovati i giusti soprannomi in rima. Tata Rita, come si può ben capire, era sempre molto sudata. E anche per tata Sofia non era stato un

problema trovare un soprannome rigorosamente in rima perché la poverina era davvero completamente pelata.
E tata Addormentata?
Anche se pare impossibile, il suo non era un soprannome. La governante si chiamava davvero cosí e proprio per colpa della fiaba *La Bella Addormentata nel bosco*. Sua madre, pensando che la bella principessa si chiamasse Addormentata, aveva voluto mettere lo stesso nome alla figlia. La cosa dimostra che c'è davvero qualche rischio nell'abitudine del legger fiabe.
Ma lasciamo perdere, che non siam qui per parlar di tate ma di principesse, e

precisamente della principessina Serena che serena non era. Tutte queste fiabe, infatti, la fecero crescere con delle strane idee.

Ogni sera, per esempio, prima di sdraiarsi nel suo lettino dorato, tra lenzuola di pizzo e seta, Serena pretendeva che venisse rivoltato il materasso e che si controllasse per bene che sotto non vi fosse nessun pisello, fagiolo, lenticchia o cece che potesse disturbare il suo sonno regale.

Aveva poi un vero terrore dei pettini e delle mele, per colpa della fiaba di *Biancaneve* dove la regina cattiva, travestita da vecchia ambulante, tenta

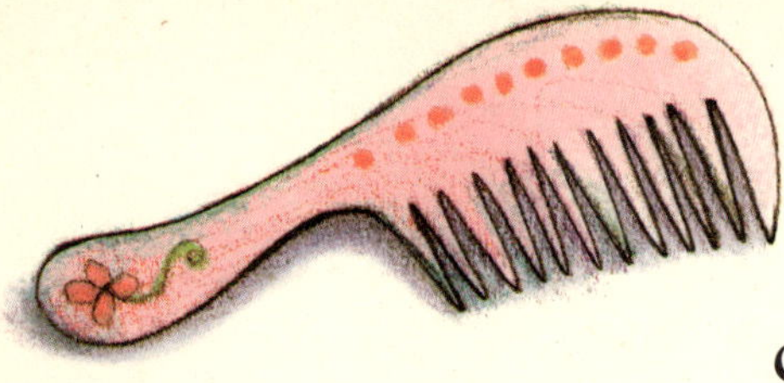

di uccidere
Biancaneve prima
con un pettine avvelenato, poi con una mela velenosa che le è quasi fatale.
Cosí Serena cresceva spettinata e scarmigliata perché non lasciava mai che le passassero un pettine tra i capelli. Qualche volta la regina Romilda, quando vedeva che sua figlia sembrava un cespuglio di rovi, tentava di convincerla a lasciarsi ravviare i capelli con una spazzola.
– Non è un pettine, cara, lo vedi? È una spazzola! – diceva la regina.
– E a cosa serve? – chiedeva Serena.

– A pettinare, cara! – rispondeva la regina e poi, subito, vedendo impallidire la figlia, si correggeva. – Cioè, no... serve a spazzolare!

La principessina guardava preoccupata la bella spazzola d'avorio e pretendeva comunque che prima ci si pettinassero tutte e sette le sue tate, compresa tata Pelata!

Quanto alle mele, non poteva vederle e mai nessuno era riuscito a convincerla ad assaggiarne una.

Una volta, a una merenda cui era stata invitata dalla contessina Fiordaliso di Pomo Dorato, aveva fatto una terribile figuraccia. Nella contea di Pomo Dorato crescevano infatti certe fantastiche mele del colore dell'oro zecchino e dal sapore zuccherino, e la contessa Vanessa, madre di Fiordaliso, si vantava di fare meglio di chiunque altro nel regno il *gâteau* di mele, un dolce raffinatissimo.

Ma quando la principessina Serena se lo vide servire nel piatto e sentí la parola «mele», cominciò a strillare: – Aiuto, mi vogliono avvelenare! Cercano di nasconderle in un dolce, ma sempre mele velenose sono! Nessuno mi può imbrogliare e tanto meno avvelenare!

La contessa Vanessa si era talmente

offesa da pretendere che suo marito, il conte di Pomo Dorato, desse battaglia al re di Alto Bosco, e c'era voluta tutta l'abilità dei diplomatici di corte per scongiurare una guerra.
Serena si preoccupava molto anche quando vedeva sua madre, la regina, rimirarsi allo specchio sospirando:
– Oddio, una nuova rughetta, qui, all'angolo dell'occhio sinistro!
Aveva il terrore di sentirla chiedere: «Specchio, specchio delle mie brame, chi è la piú bella di tutto il reame?».
Anche se la sua era una mamma che l'adorava e non una matrigna cattiva, non si sa mai!

Cosí Serena, mentre la regina si faceva spalmare unguenti e cremine per sconfiggere la malvagia ruga, si affrettava a rassicurarla: – Stai tranquilla, mamma, sei sempre molto piú bella di me!

La principessa Serena aveva poi delle strane manie, come quella di bussare a tutte le zucche, sperando che si trasformassero in carrozze, e di forzare il suo piede dentro minuscole scarpette di cristallo.

– I miei piedi crescono troppo! – protestava Serena. – Se Cenerentola, che

principessa non era, è riuscita a sposare un principe grazie al suo minuscolo piedino, io che son principessa potrei un giorno perdere il mio titolo per colpa di piedi troppo grossi? – chiedeva a tata Beata che, il giovedí, le aveva raccontato tante volte la fiaba di *Cenerentola*.
– Giurin giurello, principessa! – diceva tata Beata, baciandosi le dita incrociate o mettendosi una mano sul cuore. – Il vostro piedino è un perfetto piedino da principessa!
Serena non riusciva però a convincersi che i suoi fossero piedi abbastanza piccoli

e graziosi, e pretendeva che il re e la regina consultassero medici di corte e maghi di fama per trovare un rimedio alla loro crescita.
Ma il problema piú grave furono i fusi e gli aghi.
Si sa che la Bella Addormentata nel bosco finí addormentata per il maleficio di una fata cattiva, offesa di non essere stata invitata alla festa per la sua nascita. La principessa doveva morire a sedici anni, punta dal fuso di un arcolaio, ma per fortuna, grazie al dono di una fata buona, il suo sonno non fu eterno. Un bacio d'amore poteva risvegliarla e infatti la risvegliò, ma dopo moltissimi anni.

Questa storia per Serena era una vera ossessione.
Tutte le principesse e le gran dame devono imparare a cucire e ricamare, ma Serena si rifiutò sempre di prendere un ago in mano.
– Non ci penso nemmeno! Non sono mica matta, io, non mi voglio certo pungere! – strillava ogni volta che la regina Romilda provava a insegnarle almeno il punto croce.
– Non troverai marito, se non imparerai a filare, tessere, cucire e ricamare – sospirava la regina.
Ma la principessa non solo non imparò, ma pretese anche che tutti gli arcolai,

i fusi e gli aghi sparissero dal regno di Alto Bosco.
E poiché la Bella Addormentata era nel bosco, e anche Serena viveva in un regno boscoso, le sembrava che questa fiaba fosse la piú pericolosa di tutte.
– Papà, quando sono nata avete fatto una bella festa? – chiese un giorno al re Ugolino.
– Certo, tesoro! – rispose il re. – Di feste cosí se ne son viste poche. Neppure io, il re, ho avuto una festa simile quando mi hanno incoronato!
Il re e la regina, infatti, come spesso accade nelle fiabe, per anni avevano sognato una figlia senza riuscire ad

averla. Per questo, quando finalmente era nata Serena, avevano organizzato la piú sontuosa delle feste, con migliaia d'invitati, banchetti, musica, danze e fuochi d'artificio.

– E hai invitato tutti quelli che andavano invitati, o per caso ti sei scordato di qualcuno? – chiese ancora la principessa.

Il re ci pensò su e infine disse: – Ora che mi ci fai pensare, ricordo che feci una gaffe terribile con il duca e la duchessa di Palo in Frasca. Mi scordai di invitarli. Lui, che è un tipo molto distratto, comprese e mi perdonò, ma lei, la duchessa Crimilde di Palo in Frasca, me lo rinfaccia ancora adesso!

A queste parole, Serena sussultò e impallidí. Crimilde? Un vero nome da strega!
Da quel momento la principessa ebbe il terrore della duchessa di Palo in Frasca, e ogni volta che la regina la invitava a un bridge, a un tè o a un ballo, Serena si chiudeva in camera sua con cinque giri di chiave, due catenacci e tre chiavistelli ben serrati e pretendeva che tutte e sette le tate stessero di guardia alla porta.
La principessa Serena cresceva quindi con mille preoccupazioni, ma cresceva. E un giorno fu una splendida fanciulla in età da marito.

Re Ugolino cominciava a guardarsi intorno e a pensare quale figlio di re confinante o quale tra i suoi nobili duchi, conti e marchesi potesse essere il miglior partito per sua figlia.
Ma anche sul modo di trovar marito la principessa Serena aveva le sue idee. Non voleva affatto che suo padre invitasse cento pretendenti a palazzo, con la seccatura di doverne scegliere uno, cosa che nelle fiabe non filava mai del tutto liscia. Un pretendente era troppo vecchio, uno troppo grasso, un altro arrogante. Uno aveva il fiato che puzzava, l'altro gli occhi storti o una voce sgradevole.

Alla fine, se lei fosse stata troppo schizzinosa, suo padre, che perdeva facilmente la pazienza, avrebbe potuto comportarsi come il re della fiaba che le aveva raccontato tata Sudata ogni sabato. Quel re, alla fine, costringeva la figlia superba e incontentabile a sposare un mendicante.

La preoccupava anche quella frase che si era sentita ripetere tante volte da sua madre la regina: – Non troverai marito, se non imparerai a filare, tessere, cucire e ricamare!

E se fosse stato vero? Forse nessun principe voleva per moglie una principessa incapace di ricamare una tovaglia o una tenda e persino di rammendargli un calzino, se si fosse bucato.

La contessina Fiordaliso di Pomo Dorato si era già fidanzata con il giovane duca di Palo in Frasca. Sua cugina Lucinda, anche lei principessa, era promessa sposa del re di Baffo Storto, un po' vecchio ma pieno di ricchezze.

Nessuno di loro però assomigliava a un principe azzurro, quello che Serena aveva sempre sognato da quando le sette tate avevano cominciato a leggerle le fiabe della buonanotte.

Serena pensò allora di consultare le sue sette governanti, perché era cresciuta piú

con loro che con i genitori, troppo occupati dagli impegni del regno, e si fidava del loro giudizio.

– Care tate, io voglio trovare un vero principe azzurro che s'innamori al solo vedermi, che scenda dal suo cavallo bianco per svegliarmi con un bacio, o che sia disposto a compiere un'impresa eroica per salvarmi e ottenere il mio amore.

– Già, già, – disse tata Renata, l'esperta della fiaba di *Biancaneve*. – Ma se non hai mai voluto lasciarti avvelenare...

– ... e neanche addormentare... – intervenne tata Addormentata.

– ... come può un principe venirti a salvare? – conclusero in coro le due tate.

– Questo è davvero un bel problema! – sospirarono anche le altre tate, scuotendo il capo.
Era vero, come aveva fatto a non pensarci prima? Aveva sempre cercato di evitare il destino delle principesse delle fiabe, e adesso come poteva coronare il suo sogno di sposare un principe azzurro, lieto fine appunto di ogni fiaba?
Serena ci pensò su e alla fine disse: – Ho trovato, potrei far finta di essere una principessa colpita da un maleficio!
– Sí, certo, potresti sdraiarti nel bosco in una bara di cristallo... con il coperchio aperto, naturalmente! – approvò tata Renata.

– Oppure potresti sdraiarti in un bel lettone, nella torre piú alta del castello, e fingere di dormire finché non arriva un principe azzurro a svegliarti con un bacio! – propose tata Addormentata.
Questa idea piacque alla principessa, il lettone le pareva piú comodo di una bara.
Cosí, prima fece spargere lungo tutti i sentieri dei cartelli con l'indicazione: «PRINCIPESSA ADDORMENTATA», e la precisazione: «SEGNALETICA RISERVATA AI SOLI PRINCIPI AZZURRI».
Quindi andò a sdraiarsi, con gli occhi ben chiusi, nel lettone in cima alla torre piú alta del castello. Ma fingere di

dormire tutto il giorno e tutta la notte era davvero una gran noia, e l'unico che le sfiorò

il viso fu un topolino, uno dei tanti che abitavano lassú. Serena ne fu cosí impressionata che si alzò subito dal letto e fece togliere dai sentieri tutti i cartelli. Provò poi, per qualche giorno, a sdraiarsi in una radura del bosco, dentro una bara di cristallo aperta e rivestita di raso rosso. Fece anche mettere, al centro della radura, un bel cartello con scritto: «PRINCIPESSA AVVELENATA», e la solita avvertenza: «SEGNALETICA RISERVATA AI SOLI PRINCIPI AZZURRI».

Stare sdraiata nel bosco era meno noioso che stare a letto nella torre piú alta del castello, perché il vento le accarezzava i capelli e il sole, che filtrava tra i rami, giocava a farle i lampi di luce negli occhi. Le fronde stormivano, il ruscello gorgogliava e gli uccellini cinguettavano, tanto che la principessa Serena, cullata da quei suoni, si addormentò veramente.
Non la svegliò però il dolce bacio di un principe azzurro, ma la cacca di un uccellino di passaggio che, con un *ploff*, le finí proprio tra gli occhi, al centro della fronte, sotto la coroncina da principessa.

Serena si rialzò con un grido di disgusto e corse al ruscello a lavarsi la fronte.
Poi fece subito portar via la bara di cristallo e il cartello.

– E adesso come farò a trovare un principe azzurro? – chiese di nuovo alle sue tate.

Tata Annunziata, la piú timida, che fino a quel momento non aveva mai parlato, ora le domandò timidamente:

– Non ti ricordi la fiaba che ti leggevo tutti i martedí sera?

Ma certo, Serena se la ricordava benissimo. Era la storia del principe ranocchio, e Tata Annunziata le

propose di provare
a trovar marito
cosí, andando in
giro a baciare
ranocchi con la speranza che qualcuno si trasformasse in un bel principe.

Sí, non le restava altro da fare. Cosí la principessa Serena, aiutata dalle sue governanti, fece i bagagli, cioè infilò dentro un sacco un paio di scarpe di ricambio, qualche vestito e un po' di provviste, e partí alla ricerca di rospi da baciare.

Per giorni e notti vagò per i boschi fermandosi a baciare i ranocchi sulle rive dei ruscelli o sul bordo degli stagni.

Non era davvero una cosa facile perché, si sa, i ranocchi saltano, ma la principessa Serena divenne abilissima a saltare dietro di loro e ad afferrarli al volo. Poi li teneva delicatamente tra le mani e se li portava alle labbra. Provava un certo ribrezzo a baciarli, ma si diceva che una principessa, se vuol trovare marito nel modo giusto, deve essere disposta a fare qualche sacrificio. Aveva già consumato un paio di scarpette e baciato settantatre fra rospi e ranocchi, e forse per sbaglio anche qualche rana, ma nessuna di queste bestiole si era ancora trasformata in un principe.

Serena era però una principessa testarda e determinata e decise che solo arrivata a cento ranocchi, se non fosse successo niente, si sarebbe arresa. Per trovarli poi doveva andare nei posti giusti all'ora giusta, e tutto questo complicava e allungava parecchio la faccenda.
Finché un giorno arrivò in un posto che pullulava letteralmente di ranocchi. Ce n'erano di grandi e di piccoli, di gialli e di verdi, di lisci e di rugosi. C'erano rospi grassi e flaccidi dagli occhi cisposi e ranocchietti verdi come una mela acerba dagli occhi tondi e scuri come punte di spillo. C'erano ranocchi lucidi dalle zampe lunghe, magre ed

elastiche, e rospi informi e viscidi con le zampe corte ritratte sotto il corpo molliccio. Erano tutti in un terreno cintato che stava attorno a una graziosa casetta dall'aspetto modesto ma curato.

Arrivare a cento ranocchi adesso non era piú un problema. A Serena, che nel frattempo era arrivata a quota ottantadue ranocchi baciati, bastava baciarne ancora diciotto.

Cominciò col baciare i piú carini, quelli verde mela con gli occhietti vispi, ma quando arrivò a diciassette senza che accadesse nulla, decise che andava fatto un sacrificio.

Con riluttanza sollevò un brutto rospo, maculato e flaccido, che aveva odore di muschio e foglie morte, e chiuse gli occhi prima di decidersi a baciarlo.

Per fortuna aveva gli occhi chiusi, perché quello era un rospo sputatore e

appena la principessa lo baciò, subito le sputò in faccia.
Quando, dopo essersi sfregata e ripulita gli occhi, Serena riuscí a riaprirli, si vide davanti un bel ragazzo tutto vestito d'azzurro compreso il mantello.
Serena non ebbe dubbi: finalmente aveva rotto un maleficio e trovato il suo principe azzurro che qualche strega malvagia aveva trasformato in un brutto rospo sputatore.
Subito allora lo baciò e poi gli chiese:
– Chi sei?
Certo, una principessa ben educata avrebbe dovuto prima chiedere e poi aspettare d'esser baciata. Ma

l'impazienza è comprensibile, dopo due paia di scarpe consumate e ben cento schifosi ranocchi baciati!
– Sono il Principe dei Ranocchi, – rispose il giovane, e la principessa, rassicurata, ricominciò a baciarlo. Serena era veramente ben allenata nel bacio e questa volta non fece nessuna fatica ad arrivare velocemente a quota cento baci. La cosa non dispiaceva neanche al ragazzo che a sua volta gliene restituí altri cento.
Però quel giovane era in realtà un contadino un po' bizzarro. Allevava ranocchi e adorava vestirsi d'azzurro perché amava il colore del cielo.

Per questo veniva soprannominato «il Principe dei Ranocchi», ma principe non era affatto.
Si chiamava Giacomo e allevava rospi e ranocchi per allenarli nel salto e nello sputo.
Nelle fiere e nelle feste di paese, a quei tempi e in quei luoghi, c'era infatti l'uso di far gareggiare queste bestiole e far scommesse.
Si potevano vincere delle belle somme, se si aveva il ranocchio che saltava piú in alto o il rospo che sputava piú lontano, e «il Principe dei Ranocchi», da anni, allevava i campioni migliori.
Aveva cosí potuto sistemare con decoro

la sua casetta e non se la passava male. Ma principe non era.
E adesso come si fa?
Un bel problema... ma neanche tanto.
Infatti, anche se Giacomo non era un vero principe azzurro, ma un contadino allevatore di ranocchi salterini e rospi sputatori, Serena decise di sposarlo lo stesso. Quella cosa che si chiama «colpo di fulmine» colpisce infatti anche le principesse, e quel colpo di fulmine Serena l'aveva sentito dritto nel cuore.
Giacomo naturalmente non aveva niente in contrario a sposare una principessa bella e baciatrice. Tra l'altro l'aveva vista baciare i ranocchi, che lui amava e curava

tanto, e dove mai avrebbe potuto trovare un'altra fanciulla che condividesse la sua stravagante passione?
Si fecero quindi delle nozze sontuose, e la principessa aveva un vestito con uno strascico cosí lungo che non bastarono le sue sette tate a reggerlo. Intervennero allora dei paggetti molto originali: i ranocchietti verdi come una mela acerba che coi loro salti facevano muovere lo strascico con un bell'effetto da onde del mare.
Tutte le dame, invidiose e ammirate, vollero copiare quella nuova moda e da quel giorno anche a corte, come nelle fiere di paese, i nobili di Alto Bosco

impazzirono per un nuovo sport. Oltre alle battute di caccia e alle gare di corsa dei cavalli, cominciarono a organizzare anche competizioni di salto dei

ranocchi e sputo dei rospi. Tutti si misero ad allevare queste bestiole per farne dei campioni, e in ogni contea e ducato del regno si moltiplicavano gare e scommesse. Ma sempre risultava vincitore il Principe dei Ranocchi.

E adesso, se qualcuno volesse consultare una mappa per vedere in quali luoghi si svolse questa storia, non deve cercare il regno di Alto Bosco e della Bella Selva, ma quello di Alto Rospo e di Bello Sputo, perché cosí han cambiato di nome le terre su cui regnarono felici la regina Serena e il re Giacomo, detto il Principe dei Ranocchi.

La principessa Non Voglio e il principe Voglio

illustrazioni di Elena Temporin

A Marco Dallari,
qui trasformato in mago
(o lo era già?)

Nel reame di Tiramisú viveva una principessina da tutti chiamata principessa Non Voglio.

Quando la principessa aveva iniziato a parlare, infatti, le sue prime parole erano state «non voglio», e da quel momento ogni frase della piccola principessa iniziava cosí.

– Non voglio mangiare la ciccia!

– Non voglio andare a dormire presto!

– Non voglio vedere mia cugina Rebecca!

– Non voglio lavarmi i capelli!

Non faceva che impuntarsi su ogni cosa e non accettava né ordini né

consigli, né richieste né preghiere. E siccome era figlia di re e di regina, veniva accontentata ed evitava sempre di fare ciò che non voleva fare.
Quando era ora di fare il bagno, la principessa Non Voglio strillava:
– No che non faccio il bagno!
Che orrore l'acqua in faccia e il sapone negli occhi. Non mi voglio pulire, non mi voglio lavare, lasciatemi stare!

Il re allora le faceva vedere:

la tinozza gialla e rossa,
la vasca d'oro bella grossa,
il bidet da viaggio trasportato dai lacchè,

la doccia con lo spruzzo laterale,
la piscina olimpionica reale,
e poi, se non bastasse, pure il mare...
ma il bagno no, non lo voleva fare.

La regina le faceva portare:

una spugna vera che vien dalle Antille,
il sapone che fa le bolle,
l'accappatoio con le frange fatto a scialle,
uno shampoo alle essenze piú strane
e piú rare...
ma lei non si voleva mai lavare.

La principessina Non Voglio faceva il broncio, pestava i piedi e concludeva:

– NON VOGLIO FARE IL BAGNO!
E quel che non voglio non faccio perché
io son principessa, son figlia di re!

Quando era ora di pranzo, la principessina Non Voglio non voleva mangiare e strillava:
– No che non mangio! Non ho fame, la ciccia non mi piace, la verdura nemmeno, che orrore questa roba qui, che schifo quella roba là! Non voglio aprir la bocca, mi stanca masticare, lasciatemi stare!

Il re allora le faceva vedere:

i piattini d'argento, la brocca di cristallo,
il tovagliolo verde, il tovagliolo giallo,
il seggiolone fatto come un trono,
i cucchiai piú preziosi che ci sono,
le coppe e le tazze piú strane e piú rare...
ma a pranzo no, non ci voleva stare.

La regina allora le faceva portare:

le uova di quaglia e la lepre in salmí,
la morbida sfoglia, i soufflé e i supplí,
caviale, storione, salmone e bignè,
valanghe di giallo e cremoso purè,
il pollo novello e i frutti di mare...
ma nulla di nulla voleva mangiare.

La principessina Non Voglio faceva il broncio, pestava i piedi e concludeva:

– NON VOGLIO MANGIARE!
E quel che non voglio non faccio perché io son principessa, son figlia di re!

Quando era ora di andare a letto, la principessina Non Voglio non voleva dormire e strillava:
– No che non dormo! Non voglio chiudere gli occhi, non mi piace la notte, non voglio stare al buio e mi va di giocare. Non voglio dormire, lasciatemi stare!

Il re allora le faceva vedere:

la culla con i pizzi di percalle,
il letto morbidone con le molle,
il letto a castello del principe fratello,
un letto gigantesco a baldacchino
con scivolo, tendine e trampolino,
amache e lettighe assai strane e assai rare...
ma a letto no, non ci voleva andare.

La regina allora le faceva portare:

lenzuola raffinate di buon lino,
coperte di pelliccia d'ermellino,
caldissimi piumini colorati,

e soffici cuscini ricamati,
la camicia da notte a pizzi e fiocchi...
ma no, lei non voleva chiuder gli occhi.

La principessina Non Voglio
faceva il broncio, pestava i
piedi e concludeva:

– NON VOGLIO DORMIRE!
E quel che non voglio
non faccio perché
io son principessa, son figlia di re!

La principessina Non Voglio non voleva neppure leggere e strillava:
– No che non leggo! Non mi va di sforzare i miei occhi belli, non mi piacciono i libri, nemmeno da sfogliare. Non voglio leggere, capire e ascoltare, lasciatemi stare!

Il re allora le faceva vedere:

libri piccini e libri giganti,
libri leggeri e libri pesanti,
libri illustrati e abbecedari,
poemi in rima, atlanti e diari,
libri di scienze, storia e geografia...
ma tutti quanti li buttava via.

La regina le faceva portare:

libri di fiabe e di filastrocche
che parlan di streghe, di fate e ranocchie,
che narran di viaggi per terra e per mare...
ma nulla di nulla voleva ascoltare.

La principessina Non
Voglio faceva il broncio,
pestava i piedi e
concludeva:

– NON VOGLIO LEGGERE!
E quel che non voglio non faccio perché
io son principessa, son figlia di re!

Il fatto è che piú la principessa Non Voglio non faceva ciò che non voleva fare e piú diventava capricciosa.

– Non voglio la medicina amara! – strillava. E subito la regina convinceva il medico a prepararle una medicina dolce come il miele.

– Non voglio camminare, sono stanca! –
E subito il re faceva arrivare una carrozza o una portantina, e la principessina non doveva poggiare in terra nemmeno la punta della scarpetta.

Intanto, nel vicino reame di Baccalà viveva un principino da tutti chiamato principe Voglio. Quando il principe aveva iniziato a parlare, infatti, la sua prima parola era stata «voglio», e da quel momento ogni frase del piccolo principe iniziava cosí.
– Voglio i soldatini colorati!
– Voglio mille lecca-lecca!

– Voglio una corona grande come quella del papà!

– Voglio un cavallo bianco con le redini d'oro!

Il principe non faceva che chiedere, chiedere, chiedere... E siccome era figlio di re e di regina, e per i genitori non era un problema accontentarlo, otteneva sempre tutto ciò che voleva.

Quando era ora di colazione, il principe Voglio pretendeva strillando:

– Voglio un vassoio con cento biscotti,
d'oro e d'argento, brillanti e ben cotti.

Voglio una tazza di cioccolata,
ma deve scendere da una cascata.
Voglio la panna in coppe di giada,
spalmare il burro con una spada,
e marmellate in gran quantità,
che sian trecento le qualità!

Il re allora chiamava i suoi ingegneri idraulici e faceva studiare e realizzare, apposta per il principe, il progetto di una cascata da cui zampillasse cioccolata calda. Poi importava dalla lontana Cina coppe preziose di giada per il suo altrettanto prezioso figlio. Quindi chiedeva

al piú valente fabbro del regno di forgiare per il principino una spada di fattura squisita, non troppo pericolosa e adatta a spalmare burro.
La regina intanto ordinava ai cuochi delle cucine reali di sfornare biscotti d'oro e d'argento e, se non ne erano capaci, li licenziava e poi cercava per tutto il regno, e anche nei regni vicini, un cuoco capace di farlo. Quindi faceva una lista di frutti: albicocche, pesche, prugne, ciliegie, fragole, mele... e non si fermava finché non arrivava a trecento diverse qualità. Se i frutti erano rari, o crescevano solo ai tropici oppure in Giappone, si mandava subito una nave

fino a quei luoghi
lontani per
acquistarli laggiú.
Poi nelle cucine

reali venivano cotte per ore, tra profumi di ogni genere, marmellate di ogni tipo. Capitava cosí di trovare sulla tavola del principe, a colazione, un vasetto di confettura di papaia e una marmellata d'alchechengi, ma anche marmellate di zucchine, di cetrioli e di cipolle, perché trecento varietà sono proprio tante.

Quando era il momento di andare a scuola, il principe Voglio pretendeva strillando:

– Voglio una scuola di marzapane
con aule di forme e di fogge assai strane,
voglio maestri vestiti di giallo
e un prof di storia che sia un pappagallo,
voglio studiare la poesia,
neanche una regola di geometria.
Voglio tre ore di capriole
quand'è primavera o fuori c'è il sole.
Poi voglio un esperto con la barba blu
che sappia insegnarmi i balli zulú!

Il re allora organizzava una spedizione in Africa per cercare uno zulú esperto di danze. Quindi lo obbligava non solo a farsi crescere la barba, ma anche a tingersela di blu. Dava poi ordine a tutti

i maestri, pena il taglio della testa, di vestirsi sempre soltanto di giallo.
La regina faceva preparare ai suoi pasticceri finestre, mattoni, grondaie e tegole di squisito marzapane. Poi tutti gli ingegneri, gli architetti, i falegnami e i muratori si mettevano all'opera per costruire la scuola di marzapane richiesta dal principino. In quella scuola c'erano aule rotonde tutte blu, aule triangolari dipinte a strisce come le zebre e altre dipinte dei colori dell'arcobaleno, con le pareti disposte in modo da formare un perfetto esagono. La palestra era viola a pois gialli e aveva la forma di una grande zucca.

Cosí il principino faceva molte capriole e imparava a scrivere in rima e a declamare poemetti, ma non sapeva distinguere un quadrato da un triangolo, anche se aveva voluto stanze di tutte le forme, perché i maestri avevano l'ordine di non nominargli neanche la geometria.

Il problema piú grave era stato trovare un pappagallo esperto di storia. Prima il re aveva chiamato a corte il piú sapiente professore di storia, poi la regina aveva prelevato dalle voliere nel parco del castello il pappagallo piú intelligente e chiacchierone, e il professore di storia gli aveva insegnato a ripetere tutto quel che lui sapeva. Alla fine quell'uccello era perfettamente in grado di dire il nome dei sette re di Roma, di tutti i faraoni dell'Egitto, la data di ogni battaglia e di ogni armistizio in ogni parte del mondo e in ogni tempo... insomma, sapeva ripetere come un pappagallo ogni nozione di storia. Purtroppo però, il principe Voglio se ne stancò molto in fretta e pretese strillando:

– Tirate il collo a 'sto pappagallo,
voglio che il cuoco ne faccia un timballo,
oppure un arrosto con le patatine,
a fette croccanti tagliate assai fine.
È troppo noioso, c'ha troppa memoria,
lo voglio mangiare, finita è la storia!

Non c'è neanche bisogno di dire che, purtroppo per il pappagallo, il principe Voglio venne subito accontentato.
Il fatto è che piú il principe Voglio aveva ciò che voleva, e piú diventava capriccioso e chiedeva.
– Voglio venti paggetti tutti per me! – strillava.

E subito il re gli procurava venti paggetti che lo servivano e lo riverivano.
– Voglio una torta di compleanno alta come la torre del castello!
E subito la regina chiamava i pasticceri piú abili del regno e faceva preparare una torta fantastica, alta come la torre piú alta del castello.
Cosí, mentre il principe Voglio cresceva e aveva tutto ciò che voleva, intanto anche la principessa Non Voglio cresceva e non faceva tutto ciò che non voleva.
Un giorno il principe Voglio del reame di Baccalà venne a sapere che nel reame di Tiramisú c'era una bella principessa che aveva in dote dieci castelli, mille

cavalli, perle e rubini, sete preziose, ducati e zecchini.
Il principe Voglio, che era ormai un ragazzo in età da prender moglie ma non aveva perso l'abitudine di dire sempre «voglio», subito ordinò:

– Voglio quei dieci castelli,
quei mille cavalli,
le perle e i rubini,
le sete preziose, i ducati e gli zecchini.
Voglio in moglie la principessa di
Tiramisú
e voglio che in dote mi porti ancor di piú!

Subito il re e la regina diedero al principe

una scorta di paggi e scudieri che lo accompagnasse nel regno vicino a chiedere in sposa la principessa Non Voglio.
Ma appena la principessa lo vide e sentí la sua richiesta, naturalmente rispose come era suo solito:

– NON VOGLIO SPOSARE QUELLO LÍ!
E quel che non voglio non faccio perché io son principessa, son figlia di re!

Il principe Voglio diventò rosso dalla rabbia e pestò i piedi: era la prima volta che non otteneva ciò che voleva. Ma niente da fare! Il principe Voglio voleva sposare la principessa Non Voglio, e la

principessa Non Voglio non voleva sposare il principe Voglio.
Il principe, pieno di rabbia e delusione, se ne tornò al suo castello. Ma mentre se ne tornava indietro, gli accadde una cosa strana: sentí di amare quella principessa, di averla amata non appena l'aveva vista,

e non voleva piú i dieci castelli, i mille cavalli, le perle e i rubini, le sete preziose, i ducati e gli zecchini. Non voleva la dote, non voleva piú niente, solo l'amore di quella principessa.
Anche alla principessa intanto era accaduta una cosa strana. Appena il principe se n'era andato, lei si era accorta che lo amava, che lo aveva amato non appena l'aveva visto e che solo per colpa della sua cattiva abitudine aveva detto «non voglio».
Cosí il principe Voglio tornò indietro di corsa nel regno di Tiramisú e per la prima volta disse: – Non voglio piú niente, purché tu mi ami!

Poi si gettò ai piedi della principessa e chiese di nuovo: – Vuoi dunque sposarmi?
La principessa Non Voglio lo guardò, gli sorrise e per la prima volta disse... no, non lo disse.
Amava quel principe e con tutto il cuore avrebbe voluto rispondere: «Sí, anch'io voglio sposarti!», ma non ci riuscí.
Aprí bocca e parlò, convinta di accettare quella proposta di matrimonio che la rendeva cosí felice, ma dalla sua bocca uscí il solito: – Non voglio!
Purtroppo quelle due parole avevano messo radici robuste e profonde come quelle dell'erba gramigna, e neanche con la piú grande forza di volontà la

principessa Non Voglio riusciva a comportarsi diversamente.
Le abitudini sono abitudini e a volte diventano piú forti di noi.
Il re e la regina, sempre per abitudine, dissero: – Come vuoi, cara! – e congedarono il principe Voglio.
La regina però, vedendo quel bel giovane cosí triste e cosí innamorato, gli consigliò sottovoce: – Ritorna tra un mese e prova di nuovo.
Il principe Voglio, ferito e infelice, si ritirò nel suo castello. Contava i giorni e le notti, aspettando soltanto che un mese passasse, e non chiedeva niente se non che i giorni e le notti passassero

perché non voleva piú nulla, solo poter rivedere la principessa e ottenere il suo amore.
Intanto nel reame di Tiramisú, non appena il principe Voglio se n'era andato, la principessa Non Voglio era scoppiata a piangere.

Il re allora le disse:

– *Non preoccuparti, figlia mia bella,*
se vuoi restare madamigella,
non devi andar sposa, per carità,
a questo principe di Baccalà!
Saprò trovarti un altro marito,
piú alto e biondo, meglio vestito.

Sposerai solo chi vorrai tu,
asciuga gli occhi, non pianger piú!

La regina accarezzò le spalle della figlia scosse dai singhiozzi e le mostrò, perché potesse scegliere, un catalogo di possibili mariti con tanto di ritratti, elenco delle ricchezze e delle qualità di ciascuno.
Le fece vedere:

il principe biondo di Santonorè
e il giovane duca di Quattropertrè,
un ricco marchese con cento castelli
esperto di vini, di caccia e duelli,
un conte assai bello ma un poco
spiantato,

un altro gentile e molto educato,
un russo, un cinese e persino un
persiano
a cui lei potesse conceder la mano.

Ma la principessa Non Voglio scuoteva la testa e continuava a piangere. Infine, tra un singhiozzo e l'altro, riuscí finalmente a dire:

– Non voglio il principe di Santonorè
e neanche il duca di Quattropertrè,
non voglio nessuno di questi qua,
io amo il principe di Baccalà!

Il re e la regina rimasero un po' stupiti, non riuscivano proprio a capire lo strano comportamento della figlia, che prima aveva scacciato un principe che ora affermava di amare. E perché poi

piangeva? Comunque, risollevati dalla notizia, chiesero entrambi:
– Dunque vuoi sposare il principe del reame di Baccalà?
– Non voglio! – rispose subito e suo malgrado la principessa. Poi ricominciò a piangere, perché voleva dire «voglio» ma, ahimè, non ci riusciva.
Il re si grattava la testa perplesso, ma la regina capí finalmente qual era il problema di sua figlia.
– Mia cara, – le disse – mi par di capire che tu vorresti sposare il principe del reame di Baccalà, ma non riesci a dire «voglio» perché da quando sei nata hai detto sempre e continuamente «non

voglio». Ma non è difficile, si tratta solo di cambiare abitudine. Vuoi provare, per favore?

– Non voglio! – rispose subito la principessa senza neanche pensarci su, perché a qualunque richiesta, fosse anche per piacere, per favore o per carità, aveva sempre risposto con un deciso rifiuto e non aveva mai accettato né ordini né consigli, né richieste né preghiere.

– Questo sí che è un bel problema! – borbottò il re, continuando a grattarsi la testa.

La regina sospirò, ma poi le venne un'idea. Allora si rivolse alla principessa dicendo:

– Figlia mia, se ami il principe di Baccalà e lo vuoi sposare, devi solo fare sí con la testa, senza parlare.
Subito la principessa fece sí con la testa, ma poi le scappò fuori, anche se sottovoce, un chiaro: – Non voglio! – perché anche far sí con la testa non era mica una cosa facile e abituale per lei.
– Be' cara, hai un mese di tempo per allenarti a dire «voglio», perché tra un mese esatto il principe di Baccalà tornerà qui a chiederti nuovamente in sposa! – concluse la regina.
Passò un mese e la principessa, che ogni giorno si era allenata a dire la parola «voglio», era piú che certa di poter

accettare finalmente quella proposta di matrimonio a cui teneva tanto.

– Ti amo ancor piú di prima! – esclamò subito il principe Voglio appena le fu davanti.

– Ti amo anch'io! – disse arrossendo la principessa Non Voglio.

Il principe non credeva alle sue orecchie e subito le chiese:

– Vuoi dunque sposarmi?

La principessa Non Voglio lo guardò, gli sorrise e per la prima volta disse... no, non lo disse.

Non riuscí a dirlo perché, è vero, si era allenata a dire «voglio»... «voglio un vestito da ballo», «voglio andare a

cavallo», «voglio una mimosa», «voglio il rossetto rosa»... ma non l'aveva mai detto in risposta a una richiesta. E quella del principe era una richiesta, una domanda, insomma una di quelle frasi con il punto interrogativo alla fine, alle quali lei sapeva e poteva rispondere in un modo solo. E cosí fece.

– Non voglio! – disse, e lo disse anche pestando un piede in terra stizzita. Lo fece per la rabbia di non riuscire a dare la risposta che desiderava, ma al principe non fece un bell'effetto. Infatti se ne scappò via, pensando che quella fosse una fanciulla crudele che si prendeva gioco di lui e dei suoi sentimenti.

Per fortuna la regina gli corse dietro e riuscí a spiegargli che sua figlia lo amava davvero e avrebbe tanto voluto sposarlo, ma aveva un piccolo problema...
Il principe Voglio prima si sentí risollevato e felice, ma poi sospirò sconsolato: – Come potremo mai sposarci allora? Nessun prete, nessun giudice, nemmeno il re in persona potrà unirci in matrimonio!
In effetti, in quei regni e a quel tempo, per sposarsi c'era un rito ben preciso, e alla domanda: «Principessa tal dei tali, vuoi tu sposare il principe tal dei tali?», la futura sposa doveva rispondere: «Sí, lo voglio!».

Insomma, non bastava né che dicesse un semplice sí, né tanto meno che facesse sí con la testa. La frase doveva essere chiara, precisa e completa: «Sí, lo voglio!».

– Già, mia figlia non riuscirà mai a dirlo! – decretò la regina.

– A meno che... – disse il principe Voglio, al quale era venuta una certa idea.

Viveva allora, nel reame di Baccalà, il mago Dallarò di Roverello, detto anche il Mago della parola. Non usava alambicchi né pozioni, non aveva bacchette magiche né sfere di cristallo, ma conosceva e usava le parole di ogni

lingua come un esperto giocoliere. E con le parole, si sa, si posson far magie.
Fu proprio da questo mago Dallarò di Roverello che si recò il principe Voglio, e il mago, non appena sentí qual era il problema, subito disse: – Non è un problema, preparate le nozze! – e lo disse in ventisette lingue

diverse, perché lui era fatto cosí, con le parole esagerava sempre un po'.
Ma quelle ventisette frasi, che ripetevano tutte quel che il principe Voglio sognava di sentirsi dire, erano musica per le sue orecchie.
Si prepararono dunque le nozze e il re di Tiramisú in persona volle celebrare la cerimonia che univa in matrimonio sua figlia al principe di Baccalà. Aveva però a fianco il mago Dallarò di Roverello.
– Principe di Baccalà, vuoi tu sposare la principessa di Tiramisú? – chiese il re.
– Sí, lo voglio! – rispose piú che convinto il principe.

Il re stava per aprire bocca e porre la stessa domanda a sua figlia, quando il mago Dallarò di Roverello si chinò verso di lui e gli sussurrò qualcosa all'orecchio.
Il re allora sorrise e chiese:
– Principessa di Tiramisú, vuoi tu rifiutarti di sposare il principe di Baccalà?
– No, non voglio! – rispose subito la principessa.
– Bene, dunque vi dichiaro marito e moglie! – esclamò il re.
Poi si asciugò la fronte imperlata di sudore, perché mai nessun re aveva faticato tanto per sposare una figlia.

Il principe Voglio e la principessa Non Voglio vissero cosí sposati, felici e contenti. Ebbero anche tanti figli, tutti molto allegri e ubbidienti, che non dicevano mai... be', quasi mai, «voglio» e «non voglio».

La principessa Belbignè e il principe Pennello

illustrazioni di Elena Temporin

A Mario
e a Giorgio Celiberti,
pittore e mago dei cuori

Attenzione, questa è una storia piena di bellezza e di orrore! I protagonisti infatti sono una bellissima principessa, un bellissimo principe e un orrido mostro.
Ma non bisogna pensare che sia la solita fiaba, con una principessa rapita da un terribile drago e un nobile principe che corre a salvarla. Questa è una storia a rovescio, dove sarà la principessa a dover affrontare il mostro per salvare il suo principe. Ci riuscirà? Nelle storie a rovescio proprio non si sa, e comunque in tutte le storie in generale è bene non sapere mai prima il finale.

Partiamo quindi dall'inizio, anche se sembra quasi un finale, perché ci sono un principe e una principessa che si stanno per fidanzare.
Lei è la principessa Belbignè e quanto sia bella e dolce lo dice già il suo nome.
Lui è il principe Pennello, bello pure lui, anche se a vederlo pare piú un pittore che un principe.
Il principe, in effetti, adorava dipingere. Per questo veniva da tutti chiamato Pennello. Indossava eleganti abiti di raso e seta, da vero principe, ma dalle sue tasche sbucavano mille pennelli. I vestiti poi erano sempre pieni di macchie di colori a olio, a tempera o a cera, e

profumavano d'acquaragia, un liquido dall'odore acutissimo che serve per diluire certe vernici.

A corte tutti, per compiacere il principe, presero l'abitudine di profumarsi con l'acquaragia invece che con l'acqua di colonia, ed era di gran moda macchiarsi apposta i vestiti con colori sgargianti.

La principessa Belbignè poi, per far piacere al principe Pennello, portava una strana acconciatura di capelli un po' biondi, un po' bruni e un po' rossi, multicolore come la sua tavolozza e i suoi quadri.

Ecco, i quadri. È proprio di quelli che occorre parlare, perché non erano quadri

normali, quelli dipinti dal principe Pennello, e lui non era certo un pittore qualunque.
Se dipingeva una rosa, infatti, nel quadro non si vedeva solo una rosa ma la bellezza stessa della rosa, e dal dipinto

si sprigionava addirittura
un intenso profumo.
Se dipingeva un albero,
chi si avvicinava al quadro
poteva sentire lo stormire
delle foglie e persino qualcosa
di assolutamente invisibile: il risucchio
segreto e nascosto delle radici.
Se dipingeva un ruscello, si sentiva
lo scroscio dell'acqua e se ne avvertiva
la frescura. Se dipingeva un leone,
c'era da aver paura: la belva pareva
uscire dal quadro, tanto sembrava viva
e terribile!
Anche i ritratti avevano una qualità
speciale. Infatti il principe Pennello,

come sapeva cogliere tutta la bellezza racchiusa in una rosa, cosí sapeva cogliere tutto quello che c'era dentro una persona, i suoi sentimenti piú veri, i suoi talenti piú nascosti. Perché le persone non sanno essere semplici come le rose che sbocciano, fioriscono, profumano, sfioriscono e fanno sempre quel che una rosa deve fare. Le persone sono piú complicate e a volte non sanno quello che hanno dentro.

Cosí, se un giovane non sapeva bene che mestiere scegliere e si faceva ritrarre dal principe Pennello, ecco che lui magari lo raffigurava mentre intagliava il legno e creava mobili e suppellettili squisite.

Quel giovane, vedendosi nel quadro, scopriva cosí di avere talento per il lavoro di falegname e che le sue mani erano fatte per lavorare il legno.
Se poi il principe Pennello faceva il ritratto a una fanciulla innamorata, nel quadro quell'amore si vedeva, come se le uscisse dagli occhi, anche se lei quell'amore non l'aveva confessato a nessuno, neanche a se stessa.

Fu cosí, infatti, che il principe Pennello s'innamorò della principessa Belbignè: facendole un ritratto e scoprendo in quel ritratto la sua bontà d'animo, il suo coraggio e il grande amore che provava per lui.

Subito chiese la sua mano e la nostra storia comincia proprio con il loro fidanzamento, quando a corte si fece festa per tre giorni e tre notti e arrivarono migliaia d'invitati, menestrelli, saltimbanchi e giullari da ogni parte del regno, da ogni contrada vicina o lontana.

Nel secondo dei tre giorni di festa arrivò a corte anche il Cantore Stonato. Eccolo, già lo si sente e non è un bel sentire. C'è da tapparsi le orecchie! Fare il menestrello ed essere stonato non è una gran bella cosa.

Ecco, se il Cantore Stonato si fosse fatto ritrarre dal principe Pennello, avrebbe scoperto senz'altro che doveva fare il cuoco. Invece ha voluto fare il menestrello. Ma poi chissà se ha voluto o dovuto, perché menestrello era il padre e menestrello era il nonno, e a tutti in famiglia sembrava naturale che menestrello fosse pure lui, anche se non sapeva né cantare né suonare.

Le rime invece sí, quelle le sapeva comporre benissimo: le sue ballate erano

tutte in rima e le storie che narrava erano comunque avvincenti.
Il Cantore Stonato, infatti, nei suoi viaggi incontrava ogni sorta di personaggi strani e veniva a conoscenza di storie spaventose o divertentissime, avventurose o molto romantiche, che poi cantava nelle sue ballate.
Arrivato dunque a corte, il Cantore Stonato s'inchinò davanti alla principessa Belbignè e le chiese:
– Nobile principessa, potrei cantarvi, come dono di fidanzamento, una delle mie ballate?
– Ne sarei davvero molto lieta! – rispose la principessa Belbignè, che era cosí

buona da accogliere a corte anche i giocolieri strabici, le ballerine con le gambe storte, i buffoni tristi e i menestrelli stonati.
– Preferite una storia romantica, avventurosa, triste, allegra o di paura? – chiese il menestrello. Lo chiese per gentilezza, ma sapeva benissimo che Belbignè avrebbe scelto una storia che fa paura.
La principessa, infatti, anche se era dolce e romantica, amava le storie spaventose, quelle che fanno venire i brividini, e tutti i menestrelli facevano a gara a comporre e cantare per lei delle storie da far accapponare la pelle.

Anche il Cantore Stonato, per motivi suoi che si capiranno poi, voleva narrare una certa storia, terribile e molto paurosa, e precisamente *L'orrida storia del tremendo Sgrunch*.
E subito attaccò a cantarla, piú stonato che mai:

«Vi canto, accompagnato dalla cetra,
una vicenda assai trista e assai tetra,
questa è la storia vera e ben tremenda
di una creatura crudele ed orrenda.
Nelle lande sperdute del Camunch,
vive un mostro tremendo ed è lo Sgrunch.
Il mostro non sentiva proprio niente,
non aveva pensieri nella mente,

non aveva emozioni dentro il cuore,
non rabbia, non tristezza e non amore.
Viveva tutto solo in una grotta
senza provare gioia oppure lotta,
viveva senza neanche un sentimento,
senza mai un sorriso od un lamento.
Ma un giorno, stanco di 'sta vita grama,
il mostro vuol provar come si ama
e a una fanciulla succhia via dal cuore
un sentimento profondo d'amore.
E la paura pure vuol provare,
ad un viandante lui la va a rubare.
Ci prende gusto poi coi sentimenti
e lascia i derubati indifferenti,
col cuore vuoto, freddo e senza vita,
per loro ogni emozione è ormai finita.

Non sanno fare piú neanche un sospiro
quelli che son sorpresi dal vampiro,
perché divora coi suoi mille denti
a tutti quanti tutti i sentimenti.
È questo il pasto orrendo dello Sgrunch
che sazio torna in terra di Camunch».

Quando il Cantore Stonato finí di cantare, tutti avevano la pelle d'oca, un po' per la stonatura e un po' per la paura.

– Ma allora lo Sgrunch divora i sentimenti e le emozioni delle persone e poi le lascia vuote come prima era vuoto lui? – chiese al menestrello la principessa Belbignè.

– Sí, madamigella, chi viene assalito dallo Sgrunch diventa un mostro, perché mostruoso è un uomo che non sente piú niente. Ma ancor piú mostruoso è lo Sgrunch, tutto pieno di emozioni e sentimenti che consuma molto rapidamente perché non sono suoi. Per questo si ritrova sempre a vagare, famelico e mai sazio, in cerca di altre prede a cui rubare gioie e dolori.
– E com'è questo Sgrunch? – chiese ancora la principessa, alla quale piacevano specialmente le descrizioni spaventose dei mostri piú orribili.
– Lo Sgrunch è brutto bruttissimo, piú brutto di uno zombi e di un lupo

mannaro, piú brutto della strega di Biancaneve e dell'orco di Pollicino, piú brutto di un drago e di un diavolaccio e piú peloso di un mostro peloso – cominciò a dire il Cantore Stonato.

– Ha gli artigli? – chiese Belbignè con un piacevole brividino di paura.

– Certo, ha gli artigli e le zanne, le scaglie e le zecche,

le corna, le croste e le creste, le verruche, le pustole e i pungiglioni. Ha il catarro nel naso, il cerume nelle orecchie e la bava alla bocca. E nella bocca bavosa ha denti da vampiro. E quando li affonda in una preda, non ne succhia il sangue ma l'anima, con tutti i sentimenti che ha dentro. Prima li aspira e poi li sgranocchia facendo *sgrunch, sgrunch, sgrunch!*, perché questo è il rumore che fanno le umane emozioni tra le ganasce di un mostro. Perciò il mostro si chiama Sgrunch. Ecco, mi sembra di avervi detto tutto! – concluse il Cantore Stonato, ormai senza fiato.

– Che schifo, che orrore! – esclamò la

principessa Belbignè, rabbrividendo soddisfatta della descrizione. – Ma tu come lo sai? L'hai incontrato?

– Certo, principessa, e vi assicuro che nel vederlo ho cacciato un urlo, ma un urlo, ma un urlo...

– Un urlo stonato, ho capito! – tagliò corto il principe Pennello. – Ma come hai fatto a sfuggire al mostro? – chiese poi, perché questa sí era una cosa interessante da sapere.

– Ho avuto salva la vita grazie alla mia arte! – spiegò il menestrello, arrossendo un po'. Quindi raccontò che lo Sgrunch, affamato di sentimenti ed emozioni, aveva voluto ascoltare gesta e canti

appassionanti e ballate molto sentimentali. E ne era rimasto cosí contento da risparmiarlo.
È probabile che ad un mostro possano piacere i canti mostruosamente stonati di un cantore stonato. Questa era forse la verità, ma purtroppo non era tutta la verità.
Le cose, ad esser sinceri, erano andate cosí.
Il Cantore Stonato era stato catturato dallo Sgrunch, mentre attraversava cantando le terre di Camunch, e il mostro gli aveva chiesto: – Tu che sei un menestrello e giri di corte in corte e di terra in terra, saprai senz'altro indicarmi

qual è l'uomo con l'anima piú ricca di sentimenti, la piú gustosa da divorare. Dimmelo, o mi papperò la tua!
E ahimè, il Cantore Stonato, pur di salvarsi, gli aveva narrato in musica e in rima la storia di... be', questa storia:

«Laggiú, oltre quella valle e quel crinale,
vive un uomo assai bello e assai speciale
che possiede la dote straordinaria,
guardando fuoco, terra, acqua o aria,
di saper poi ritrarre ogni elemento
che pare vivo e vero, oh che portento!
E quando poi dipinge una persona,
si vede se è cattiva oppure buona,
si vede tutto quello che ha nel cuore

e lo svela il pennello del pittore.
Un uomo che cosí riesce a sentire,
ha un'anima assai ricca da rapire,
piú intensi e vivi ha i sensi e i sentimenti
e tutti intorno a lui rende contenti,
anche l'amor che porta alla sua dama
è superiore a quello di chi ama.
Dentro di lui piú forti i sentimenti
son di quelli che hai messo sotto i denti,
senz'altro lui per te è il pasto piú bello
ed è quest'uomo il principe Pennello!»

Ecco, purtroppo, qual era la verità: il Cantore Stonato aveva barattato la sua anima con quella del principe Pennello! Non è certo una bella cosa tradire un

amico e comportarsi da vigliacchi, ma a sua discolpa occorre dire che di fronte allo Sgrunch era facile perdere ogni coraggio e lealtà.
Però il menestrello non aveva mica indicato al mostro la strada giusta per raggiungere il castello del principe Pennello, questo no.
In realtà il castello non era affatto oltre quella valle e quel crinale, ma proprio dall'altra parte, oltre quel fiume e quel bosco.
Appena sfuggito alle grinfie dello Sgrunch, il Cantore Stonato era corso di filato, oltre quel fiume e quel bosco, al castello dove il principe Pennello e la

principessa Belbignè stavano festeggiando il loro fidanzamento. Non aveva osato dire la verità, ma almeno aveva svelato l'esistenza del mostro, cantando *L'orrida storia del tremendo Sgrunch* apposta per metterli in guardia. Adesso era certo che la principessa Belbignè sarebbe intervenuta e avrebbe chiesto al principe Pennello di mandare dei prodi cavalieri a stanare e far fuori lo Sgrunch, per liberare il mondo da un simile flagello.

Una volta, infatti, le aveva narrato la storia della maga Magnona che era piú grassa di una balena. La maga Magnona terrorizzava le genti della Balduria, perché era famelica di nasi e li strappava via a tutti quelli che incontrava per poi cuocerli in umido coi funghi, oppure insieme al pesce nasello in una preparazione ardita e prelibata che lei chiamava *Naso e nasello al timo e al dragoncello*. Tra le genti della Balduria quasi tutti erano dunque senza naso, prima che i prodi cavalieri del principe Pennello catturassero la maga Magnona. Perché naturalmente la principessa Belbignè, appena udita la macabra storia, aveva pregato il principe di salvare quelle genti.

Quando poi il Cantore Stonato aveva raccontato che nel lago di Fognarolo viveva l'orrido Biscione Sghimbescio, il principe Pennello, per far piacere alla principessa Belbignè, era andato di persona a uccidere quel mostro che faceva lo sgambetto a tutti i passanti per

farli cadere nel lago Fognarolo. E lo sgambetto non era solo un dispetto, perché dopo i malcapitati se li pappava! Anche questa volta, come previsto, la principessa Belbignè disse subito: – Mio caro, non si può certo lasciare in giro un simile mostro! Cosa pensi di fare di quest'orrido Sgrunch?

– Lo dipingerò... cioè voglio dire, lo ucciderò! – rispose il principe Pennello un po' soprappensiero.

Il Cantore Stonato, che si sentiva in

colpa, fece un bel sospiro di sollievo, sicuro che il principe Pennello avrebbe colto di sorpresa lo Sgrunch prima che lo Sgrunch cogliesse di sorpresa lui.
Ma – oh, sorpresa delle sorprese! – il principe Pennello invece era stato colto da uno strano desiderio, quello di ritrarre lo Sgrunch, perché cosí pensava: «Se in verità lo Sgrunch è privo di sentimenti, perché tutti quelli che ha divorato non sono suoi, io, dipingendolo, dipingerò ciò che ha veramente dentro, cioè il niente! E nessuno finora ha mai dipinto il niente e il vuoto!».
Insomma, il niente e il vuoto sono una

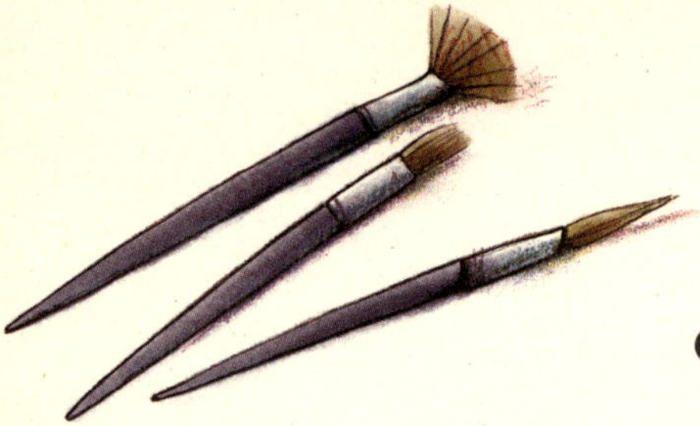

bella sfida per
qualunque pittore, e
al principe Pennello era
venuto un gran desiderio di fare il ritratto dello Sgrunch per vedere cosa sarebbe apparso sulla tela (se mai qualcosa fosse apparso!).

Del suo progetto non disse niente a nessuno, neanche alla principessa Belbignè, e anziché partire munito di spada, lancia, pugnale, scudo, alabarda ecc. ecc., con altri cavalieri muniti di spada, lancia, pugnale, scudo, alabarda ecc. ecc., il principe Pennello partí da solo, munito di tavolozza, colori, tele, pennelli e acquaragia.

Nel frattempo, lo Sgrunch era partito anche lui alla ricerca del principe Pennello. E siccome lo Sgrunch non aveva il minimo senso dell'orientamento, cosa che il Cantore Stonato purtroppo non poteva prevedere, anziché superare il famoso crinale dopo la valle, aveva attraversato il fiume e si era inoltrato nel bosco. Fu proprio nel bosco che trovò, accampato e addormentato, il principe Pennello che aveva concluso lí la prima tappa del suo viaggio.

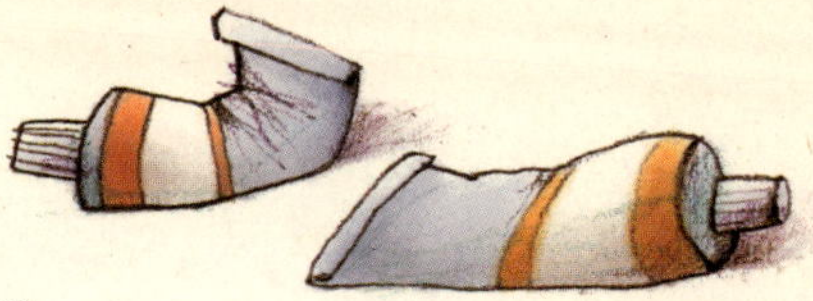

Lo Sgrunch non ebbe dubbi, lo riconobbe subito dall'odore d'acquaragia, dalle macchie di colore che chiazzavano i suoi

abiti e da tutti i pennelli che gli spuntavano dalle tasche.
Slurp, sgrunch, sgrunch, sgrunch!
In men che non si dica, il mostro risucchiò e sgranocchiò tutti i nobili, profondi, speciali e intensi sentimenti del principe Pennello.
Il poveretto venne ritrovato da alcuni suoi cavalieri qualche settimana dopo, mentre vagava nel bosco completamente indifferente: non ricordava piú il castello, non sapeva piú di essere il migliore dei pittori e nemmeno ricordava di avere mai amato una principessa Belbignè.
Anzi, quando la vide, non la riconobbe

neppure. E dire che di principesse con i capelli biondi, bruni e rossi contemporaneamente non ce n'erano poi molte!

Quante lacrime versò la principessa Belbignè! La poverina non si dava pace: il suo principe non l'amava piú e non provava piú niente di niente.

Ma Belbignè, che amava le storie spaventose, era una principessa molto coraggiosa. Cosí non si perse d'animo e decise che avrebbe affrontato lei l'orrido Sgrunch. Indossò vesti e armi da uomo, fece sellare il piú veloce dei cavalli e partí con venti prodi cavalieri alla ricerca del mostro.

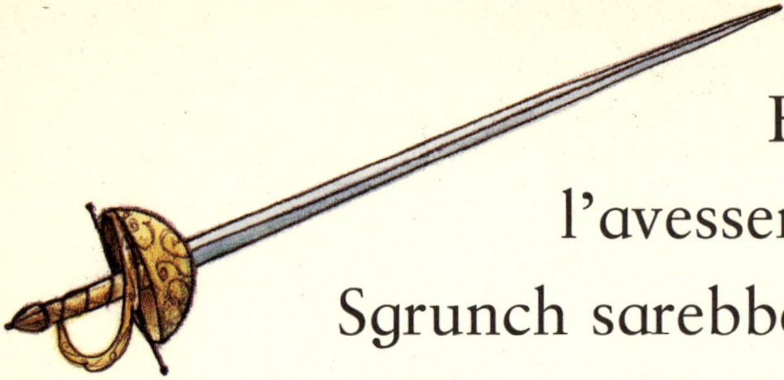

Era sicura che, se l'avessero infilzato, lo Sgrunch sarebbe scoppiato liberando i mille sentimenti che aveva divorato, compresi quelli del suo amato principe. I sentimenti sarebbero poi tornati al volo dentro i legittimi proprietari, com'è giusto che sia quando si annulla una mala magia.

La principessa Belbignè, con la sua nobile schiera di cavalieri, scovò senza difficoltà lo Sgrunch perché erano veritieri quei versi della ballata che dicevano: «*È questo il pasto orrendo dello Sgrunch, che sazio torna in terra di Camunch*».

Lo Sgrunch, dopo aver pasteggiato con l'anima del principe Pennello, era appunto tornato in terra di Camunch. E lí, dentro la sua grotta, lo trovarono che dormiva e quindi gli bucarono la pancia senza troppe difficoltà.
Ma poi le cose non andarono affatto come si aspettava la principessa Belbignè.
La pancia bucata dello Sgrunch, difatti, era già vuota perché, come si è detto, il mostro digeriva molto in fretta i sentimenti che non erano suoi. E dopo averli digeriti, naturalmente... Be', qui occorre dire una cosa non proprio bella e non so come dirla, ma d'altra parte c'è

un solo modo per
dirla e allora la dico: anche i sentimenti più nobili e puri, una volta digeriti dalla pancia di un mostro, diventano solo... cacca!
Attorno alla grotta dello Sgrunch c'erano infatti delle grandi pizze

puzzolenti, come quelle che lasciano le mucche nei pascoli, e lí era finito tutto quello che c'era stato di bello dentro il principe Pennello.

Mi dispiace, non è un gran bel finale.

Ma l'avevo detto: nelle storie a rovescio non si sa mai come può andare a finire.

Be', tutto sommato, si potrebbe anche trovare un finale diverso. Proviamo...

Dunque... la principessa Belbignè aveva comunque liberato il mondo da un orribile mostro, e non sentiremo piú parlare dello Sgrunch, ma il principe Pennello era rimasto vuoto e indifferente come prima.

Belbignè cercava di fargli ricordare il

loro amore e la sua arte, gli mostrava i suoi quadri e i suoi pennelli, ma niente, tutto era inutile!

Cosa poteva fare?

Un'idea gliela diede proprio il Cantore Stonato. Una sera arrivò al castello e la principessa Belbignè, che sperava sempre di risvegliare nel principe un sentimento o un ricordo, gli chiese di cantare una storia piena d'arte e di sentimenti, se per caso ne conosceva una.

Il Cantore Stonato la conosceva, perché proprio in quei giorni era passato dal paese di Firulí dove viveva un grande mago pittore, chiamato da tutti il Mago dei Cuori.

Questo Mago dei Cuori aveva gli occhi azzurri, la barba bianca e un grande cuore e dipingeva cuori, solo cuori. Cuori chiari e cuori scuri, cuori rossi e cuori bianchi, cuori piccoli e cuori grandi, cuori pieni di paura e cuori pieni di speranza, cuori feriti e cuori innamorati. Dipingeva cuori e faceva magie, come narrò, con qualche inevitabile stonatura, il Cantore Stonato in una canzone intitolata *La ballata del Mago dei Cuori*. Purtroppo però, il principe Pennello restò indifferente come sempre.

Invece Belbignè proprio per niente. Anzi, piú sentiva raccontare di cuori, e piú sentiva il suo battere forte forte. E quel batticuore le diceva che doveva vedere al piú presto il Mago dei Cuori ed era certa che, grazie a lui, il principe Pennello avrebbe avuto un cuore nuovo.
Cosí, il giorno dopo, partí per il paese di Firulí e, quando fu lí, non le fu difficile trovare il grande palazzo dove viveva il mago. Nelle lunghe scuderie del palazzo non c'erano cavalli, ma quadri, quadri pieni di cuori. E i saloni da ballo non erano vuoti per potervi danzare, ma ingombri di cavalletti. E su ogni cavalletto c'era una tela piena di cuori

dipinti. Cosí ogni altro salone, corridoio, stanzetta, sgabuzzino, cucina o bagnetto del palazzo era ingombro di quadri appesi alle pareti o impilati su scaffali o sparsi in giro, tutti pieni di cuori.
Alcune tele stavano incompiute su cavalletti e il Mago dei Cuori, passando, pennellava un cuore qui e un cuore là.
La principessa Belbignè non ebbe nemmeno bisogno di raccontare la sua triste storia. Per il mago, che sapeva leggere in ogni cuore, quello della principessa era come un libro aperto, piú aperto di questo libro aperto.
– Io posso aiutarti, – le disse il mago pittore – perché fra tutti i cuori che ho

dipinto c'è anche quello del tuo principe. Purtroppo però non posso dartelo io, sei tu che devi trovarlo.
«Ma sono tantissimi i cuori dipinti! Sono troppi!» pensò la principessa scoraggiata. Come poteva riconoscere quello del principe Pennello?
Belbignè passò giorni e giorni nel palazzo del Mago dei Cuori a scrutare ogni quadro cercando di capire, d'indovinare o di sentire qual era il cuore del suo amato principe.
Finché un giorno, passando accanto a una tela con due cuori dipinti, vide che, stranamente, lei si specchiava in uno dei due. Dapprima pensò che quel cuore

fosse fatto di specchio, ma no, non lo era: era dipinto come tutti gli altri, però lei vi si vedeva riflessa. Pensò che quella fosse un'altra strana magia del mago e stava già per allontanarsi dal quadro, quando improvvisamente capí: il cuore del principe Pennello non poteva che essere quel cuore in cui lei si era appena specchiata, l'unico che le rimandava la sua immagine. Perché cosí succede quando si ama: la persona amata ci fa da specchio, facendoci capire e vedere tante cose di noi stessi e del nostro cuore.

Prese quindi quel quadro, sicura di non sbagliare, ringraziò il mago e ritornò al castello del principe Pennello.

Qui mise il quadro davanti al principe e lui si ritrovò in quel cuore dipinto e si vide cosí com'era stato e cosí com'era

sempre rimasto nel cuore della principessa Belbignè.
Allora, riconoscendosi, ritornò se stesso e ritrovò tutti i sentimenti e le emozioni, ritrovò la sua arte e i suoi pennelli e, specialmente, la sua amata principessa Belbignè.
Subito la chiese in sposa e la nostra storia finisce proprio nel giorno del loro matrimonio, quando a corte si fece festa per tre giorni e tre notti e arrivarono

migliaia d'invitati, menestrelli, saltimbanchi e giullari da ogni parte del regno, da ogni contrada vicina o lontana. Nel secondo dei tre giorni di festa arrivò a corte anche il Cantore Stonato. Eccolo, già lo si sente e non è un bel sentire, perciò... mi sembra il momento giusto per finire!

La principessa Mille Dispetti

illustrazioni di Elena Temporin

Ai magnifici otto ex alunni di Torre Maina,
che tanto tempo fa hanno conosciuto
la strega Bistrega e il terribile lupo di questa storia

C'era una volta una principessa veramente dispettosa. Il suo divertimento piú grande, infatti, era organizzare scherzi e burle e fare mille dispetti. Tutti ormai a corte la chiamavano principessa Mille Dispetti, anche se il suo vero nome era Rebecca. I suoi genitori, il re Romualdo e la regina Isotta, non capivano perché si comportasse cosí. Da quando era nata l'avevano circondata di ogni comodità, le avevano fatto avere ogni cosa prima ancora che lei potesse chiederla o desiderarla.

Ogni mattina la principessa faceva colazione, passeggiava e ricamava. Ogni pomeriggio faceva merenda, giocava e prendeva lezione di canto.

Ogni sera giocolieri e menestrelli si esibivano per lei. La sua vita era comoda e tranquilla, facile e sempre uguale.

– Come mai nostra figlia è cosí dispettosa? – si crucciava la regina Isotta. – Non l'abbiamo mai sgridata o contrariata. Non l'abbiamo mai costretta a fare compiti e lavori difficili o spiacevoli.

– Come mai organizza tanti scherzi? – si chiedeva preoccupato re Romualdo.

– Eppure le abbiamo sempre fatto fare solo quel che si addice a una principessa, e ha mille cose con cui divertirsi senza bisogno di dover ridere alle spalle degli altri!

A nessuno dei due venne in mente che forse, semplicemente, la principessa si annoiava a fare una vita da principessa, facile ma monotona. E proprio perché non le mancava nulla, inventava qualche bello scherzo per movimentare un po' le sue giornate.
Cosí le ancelle si ritrovavano lucertole o ragni tra le lenzuola, e Rebecca rideva quando le sentiva strillare. Le sentinelle di guardia al castello si ritrovavano uova marce dentro gli elmetti, e Rebecca rideva quando vedeva colare il tuorlo giallastro

sulla faccia di qualche soldato sprovveduto che si era infilato l'elmo senza prima guardarci dentro.
Quando i suoi genitori davano una festa, ci tenevano che Rebecca allietasse gli ospiti con qualche canzone, accompagnata al pianoforte dalla sua insegnante. Fu durante una di queste feste che la principessa Mille Dispetti organizzò una delle sue terribili burle. Cosparse di pepe i tasti neri del pianoforte. Cosí, quando l'ignara pianista cominciò a suonare sollevando un'invisibile polverina pruriginosa, il concerto fu un concerto di starnuti.
Neanche crescendo Rebecca smise di

fare dispetti e burle, ed era già in età da marito quando architettò lo scherzo piú terribile proprio ai danni di suo padre, il re in persona.

Era usanza in quel regno che il re, una volta al mese, parlasse con il suo popolo affacciandosi da un balcone su una grande piazza, dove tutti i cittadini si riunivano per ascoltarlo, fare richieste e chiedere consigli. Ed era sempre usanza che, davanti a loro, dopo essere uscito sul balcone a capo scoperto, il re si ponesse in testa la corona che estraeva da un bellissimo cofanetto.

Un giorno la principessa Mille Dispetti sostituí di nascosto la corona con il vaso

dei pesci rossi. Il re, distratto, se lo mise in testa lavandosi completamente, mentre i pesciolini gli saltellavano tra i capelli.
L'intera piazza risuonò di risate, il popolo non si era mai divertito tanto e la principessa Rebecca pure. Il re invece non aveva mai provato tanta vergogna.
Questa volta non perdonò alla figlia la terribile burla e decise di allontanarla da corte per punizione e di mandarla a imparare le buone maniere in un severo convento.
La principessa Rebecca pensò che la vita

del convento doveva essere ancora piú noiosa della vita di corte e decise di fuggire.
Mentre quattro cavalieri la scortavano al convento, Rebecca, nei pressi di un fiume, disse che doveva

assolutamente lavarsi per il caldo e la polvere del viaggio. Pregò i cavalieri di voltarsi e restare girati dall'altra parte mentre si toglieva le vesti e si lavava, poi gettò una delle sue sottovesti nel fiume e iniziò a gridare: – Aiuto, aiuto, affogo!

I quattro uomini si precipitarono sulla riva e, vedendo la sottoveste della principessa trasportata lontano dalla corrente, pensarono che Rebecca stesse davvero per affogare e si gettarono tutti in acqua, pronti a salvarla.

Ridendo per la riuscita del suo ennesimo scherzo, la principessa Mille Dispetti, che nel frattempo si era nascosta dietro

a un albero, montò su uno dei cavalli e fuggí al galoppo nel bosco.
Il pericolo del convento era scampato, ma non sapeva cosa l'aspettava nel bosco.
Viveva in quelle terre un famoso e pericolosissimo bandito, il Bandito Quattro Sberle, che aveva mani enormi.
Derubava i cavalieri e rapiva le principesse. Era famoso per il suo metodo, non usava né spade né schioppo né coltelli. Molto semplicemente tirava giú da cavallo i malcapitati cavalieri con quattro sonore e potenti sberle ben assestate. Poi li lasciava lí, storditi e in mutande, perché tutto ciò che avevano, denari e vestiti, se lo portava via lui.

Le principesse invece... be', non si sa che cosa capitava alle principesse rapite dal bandito, perché nessuna era mai tornata per poterlo raccontare.
Sparivano e basta.
Fu proprio dalle grandi mani del Bandito Quattro Sberle che venne fermata la cavalcata della principessa Rebecca. Per fortuna non con quattro sberle. Il bandito si limitò ad agguantarla e, in quattro e quattr'otto, la trascinò in una grotta nascosta che era la sua tana.
– Bello scherzo! – esclamò Rebecca, e il bandito ne restò molto stupito, perché tutte le altre principesse che aveva rapito avevano sempre strillato come galline

«aiuto, aiuto!» o
«al soccorso, al
soccorso!».
Rebecca si guardò intorno.
All'interno della grande grotta c'era
un bellissimo salone con tendaggi di raso
e broccati, illuminato da candelabri

d'oro, pieno di suppellettili e morbidi tappeti. Al centro vi era addirittura un trono, e la cosa piú strana era che sopra ci stava seduta, elegantemente vestita, una scimmia.

La principessa spalancò la bocca per lo stupore, ma il Bandito Quattro Sberle le disse sgarbatamente: – Non stare lí imbambolata. Su, datti da fare! Vai fuori a spaccare legna, accendi il fuoco nel camino e cuoci una bella zuppa di legumi per me e una torta di noci per la mia scimmia. Subito, o ti do quattro sberle!

Nessuno le aveva mai parlato cosí e mai la principessa aveva spaccato legna o

cucinato in vita sua. Le uniche cose che sapeva fare erano mangiare e passeggiare, ricamare e cantare, ma soprattutto fare burle, scherzi e dispetti. Poi il bandito uscí, annunciando che andava a caccia, ma prima le mise davanti una pesante accetta. La cosa piú pesante che Rebecca avesse mai sollevato era una tazzina da tè, come avrebbe fatto a sollevare un'accetta e a tagliar legna?
In quel momento udí una risata. Era la scimmia a ridere cosí di lei.
– Che scimmia impertinente! – strillò Rebecca.

– Che principessa permalosa! – disse la scimmia.
– Come, una scimmia parlante? – si stupí la principessa.
– Posso parlare, ma non tutto posso dire! – rispose la scimmia.
– Puoi dirmi almeno come ti chiami?
– Marzapane, per servirla, principessa.
– Se è per servirmi, ti ordino subito di tagliare la legna al posto mio! – disse subito lei.
– Se è per favore o per piacere lo farò, ma ordini non ne prendo, no! – replicò la scimmia che si era fatta seria all'improvviso.
– Per piacere, Marzapane! – pregò allora

la principessa. E la scimmia si mise a tagliar legna, poi la sistemò nel camino. Ora Rebecca doveva solo accendere un bel fuoco, ma neppure questo sapeva fare. Provò con un cerino, ma subito si bruciò le dita.
La scimmia ricominciò a ridere.
La principessa, che era abituata a burlarsi degli altri ma non che si ridesse di lei, diventò rossa di rabbia e gridò:
– Ti ordino di accendere il fuoco al posto mio!
– Se è per favore o per piacere lo farò, ma ordini non ne prendo, no! – replicò la scimmia, di nuovo seria.
– Per favore, Marzapane! – pregò allora

la principessa, e la
scimmia accese
il fuoco.

Adesso restavano da fare la zuppa di legumi e la torta di noci, ma Rebecca non sapeva neppure cucinare. La scimmia l'aiutò anche questa volta, ma poiché era tardi e il Bandito Quattro Sberle poteva ritornare da un momento all'altro, le disse: – Per questa volta dovrai aiutarmi o non faremo in tempo. Io preparerò il soffritto e farò bollire il brodo, tu va' in cantina a prendere i legumi nei sacchi di iuta. Poi dovrai solo metterli a bollire e aggiungere sale e pepe.

La principessa scese in cantina e trovò i legumi, ma in un sacchetto vide anche i pallini di piombo che servivano per caricare il fucile da caccia del bandito. Subito le venne voglia di fare un bello scherzo. Decise di aggiungere alla zuppa anche quei pallini di piombo, che erano tondi come ceci o piselli, e mise anche un po' di polvere da sparo al posto del pepe, ridacchiando soddisfatta per la burla.

– Io preparerò l'impasto della torta, – disse quindi la scimmia – ma tu va' in cantina a prendere le noci che stanno

dentro un cesto. Poi dovrai solo aggiungerle all'impasto e infornare la torta.
La principessa prese le noci e subito, vedendole, non poté resistere all'idea di un nuovo scherzo. Anziché schiacciarle, le aggiunse all'impasto cosí com'erano, col guscio e tutto.
Quando tornò, il bandito serví tutta la torta alla sua scimmia che, chissà perché, trattava come un re. Poi si sedette a tavola davanti alla zuppa fumante e, con la sua mano gigantesca, prese un cucchiaio grande come un mestolo e se ne infilò in bocca un'enorme cucchiaiata. Subito, rosso

in faccia come
un peperone,
sputò la zuppa e con la
zuppa sputò anche tre denti.
– Che scherzo è questo? Cos'hai fatto,
disgraziata?

La principessa Mille Dispetti rideva a crepapelle, anche se ci sarebbe stato poco da ridere a vedere la faccia feroce del brigante che si alzò in piedi furioso, urlando: – Adesso ti do quattro sberle! Ma in quel momento anche la scimmia Marzapane si mise a ridere di gusto, e il brigante abbassò la grande mano, già levata per colpire, dicendo soltanto: – Se la mia scimmia si diverte, allora non ti colpirò.
Quando poi la scimmia addentò una fetta di torta di noci, anche lei sputò tutto strillando: – Ahi, ahi!
Di nuovo la principessa rise, e il brigante la minacciò. Ma anche stavolta

Marzapane scoppiò a ridere. Le scimmie, si sa, sono i piú dispettosi tra gli animali e forse Marzapane trovava divertenti gli scherzi di Rebecca. Fosse come fosse, quella risata la salvò ancora una volta.

– Se la mia scimmia si diverte, allora non ti colpirò – disse infatti il brigante.

Il giorno dopo, il bandito disse alla principessa: – Vediamo se anche oggi hai voglia di ridere e scherzare! Dovrai rubare per me il cappello della Strega Bistrega e portarmi la coda del Grande Lupo Mannaro. Non tornare finché non avrai queste due cose, e non provare a fuggire perché saprò sempre dove sei.

Nessuno è mai sfuggito al Bandito Quattro Sberle! Se riuscirai, sarai libera, altrimenti resterai mia schiava per sempre. E adesso muoviti, o ti do quattro sberle! – E il brigante uscí come al solito per andare a caccia.
La principessa corse da Marzapane, sicura di ottenere ancora il suo aiuto che questa volta chiese subito «per favore».
Ma la scimmia la guardò con tristezza:
– Questa volta non mi pregare perché, mi spiace, non ti posso aiutare!
– Perché? – chiese la principessa.
Marzapane scosse la testa dicendo:

– Posso parlare, ma non tutto posso dire! – e non aggiunse altro.
Cosí Rebecca capí che avrebbe dovuto tentare l'impresa da sola, ma prima di andarsene disse: – Io non so usare armi né magie. La strega mi stregherà e il lupo mi mangerà. Di sicuro andrò alla morte, io non so far nulla!
– Non è vero! – disse allora la scimmia.
– C'è qualcosa che sai fare molto bene: scherzi, dispetti e burle. Ricordatene, perché solo con l'astuzia potrai avere la meglio sulla strega e sul lupo.
E la principessa Mille Dispetti partí con il solo aiuto di questo consiglio.
La Strega Bistrega era la piú perfida tra

le streghe che abitavano quelle terre.
Tutti sapevano che viveva nella Palude Scrofolosa e, proprio per questo, da quel luogo stavano alla larga. Rebecca ci arrivò che era notte e decise di spiare all'interno della catapecchia della strega, da una finestra che dava sul retro.
La Strega Bistrega, lo dice anche il nome, era brutta e perfida almeno il doppio di qualunque altra strega, e anche la sua magia era potente il doppio di quella delle altre streghe.
In quel momento stava rimestando una pozione in un pentolone e biascicava strane formule, quando all'improvviso qualcuno bussò alla sua porta.

– Chi è? – domandò.
– Sono il Grande Lupo Mannaro! – disse una voce spaventosa.
La strega fece una faccia contrariata e borbottò tra sé: – Quell'antipatico sbruffone di un lupo! – Ma poi, dando alla voce un tono falsamente gentile, disse: – Prego, entra pure e accomodati!
Quali non furono lo spavento e lo stupore della principessa, che stava sempre sbirciando nella stanza, nel vedere entrare un gigantesco e orribile lupo ritto sulle zampe posteriori come un uomo. Quello era proprio il mostro a cui avrebbe dovuto portar via la coda!
Rebecca trattenne il fiato e aprí bene

occhi e orecchie per seguire tutto quello che accadeva nella casa.

Il Grande Lupo Mannaro teneva in mano una pergamena e la porse alla strega dicendo, con tono pomposo:
– Quest'anno sono stato incaricato io di consegnare i bandi dell'annuale Concorso di Astuzia e Perfidia. Ecco qui, sei come al solito invitata a partecipare e... vinca il migliore! – Poi scoppiò in una terribile risata.
– Cosa c'hai da ridere? – si indispettí la Strega Bistrega. – Non penserai, spero, di vincere tu! Chi ti credi di essere, il

lupo di Cappuccetto Rosso? Se anche avessi l'astuzia di vestirti da nonna, non ci cascherebbe neanche una papera cieca!

Ma il lupo continuò a ridere, tutto tronfio: – Ah, io sono meglio, molto meglio del lupo di Cappuccetto Rosso! Giusto per farti un esempio, ti dirò che quest'anno ho già mangiato dieci bambine e sette nonne, travestendomi da nonna, da bidella, da balia e da donna delle pulizie! E non è che un antipasto, in confronto al resto!

– Credi di impressionarmi? – sibilò la strega. – Sei sempre stato sbruffone e bugiardo! I giudici del concorso lo scopriranno subito e la mia perfidia sarà senz'altro vincente!

– E cos'avresti fatto di cosí perfido, vecchia bacucca?

– Ho stregato sei principesse e tre le ho avvelenate...

– Con la solita banale mela, immagino! – l'interruppe sarcastico il lupo.

– No, con un mango, un avocado e una papaia! – strillò con orgoglio la strega.

– Poi ho trasformato in rospi quattro principi e...

Ma il Grande Lupo Mannaro la interruppe ancora: – La solita roba, senza un briciolo di fantasia. Sempre rospi! Una magia vecchia, trita e ritrita!

– Se è per questo, ho anche trasformato un principe in una... oh, ma non te lo dirò! È il mio asso nella manica. E adesso sparisci, stupido pallone gonfiato, o trasformerò anche te, cosí non avrai piú bisogno di astuti travestimenti! Ti muterò in una ballerina col tutú rosa e le scarpette o in una vecchia scarpa puzzolente o... – E la strega, inviperita, afferrò la sua bacchetta magica e la puntò contro il lupo con sguardo minaccioso.
Il lupo lasciò sul tavolo il bando di concorso e si avviò alla porta, dicendo tranquillamente: – Ti ricordo che non si possono eliminare gli avversari, pena la squalifica. E ora tolgo il disturbo!

una papaia, un mango o un avocado?
– No, grazie, non ho proprio fame! – si schermí la principessa Mille Dispetti. – E non cercare di usare qualche maleficio, perché ho un'informazione molto importante e utile da darti.
– Sarebbe?
– So che esiste un Concorso di Astuzia e Perfidia, e tutti conoscono la tua fama. Mio padre il re e mia madre la regina mi hanno molto parlato di te, e siccome siamo regnanti giusti e onesti e i meriti vanno sempre riconosciuti, ci piacerebbe che vincesse il migliore e, specialmente, una campionessa del nostro regno, quale tu sei!

– Oh-ooooh! Finalmente qualcuno che se ne intende e apprezza il mio valore! – gorgheggiò la Strega Bistrega che aveva un punto debole: era terribilmente vanitosa e sensibile ai complimenti.

– C’è però un lupo...
– Oh, il maledetto Grande Lupo Mannaro! – fece la strega, diventando ancora piú verde di quello che era.
– Sí, per essere crudele è crudele, ma quello per vincere sarebbe capace di qualsiasi imbroglio! Lo sappiamo e non ci piace il gioco sleale. Quindi...
– Quindi? – incalzò speranzosa la Strega Bistrega.
– Be’, ecco, ho saputo... ma insomma, non te lo dirò se prima non mi dai qualcosa in cambio.
– Conosci forse un modo per batterlo? Dimmelo immediatamente!
– Te lo dirò se, in cambio, mi presterai

per qualche giorno il tuo cappello, – disse furbescamente la principessa.
– Il mio cappello? E perché mai? – chiese la strega, molto sospettosa.
– Be', sai, devo partecipare a un ballo in maschera organizzato a corte per carnevale. Insomma, voglio vincere anch'io un concorso, quello per il travestimento piú originale. Mi vestirò in modo da assomigliare a te. Ammiro il tuo stile stregonesco e con un cappello vero, non la solita imitazione, vincerò di certo!
– Oh-oooh! – fece la strega pavoneggiandosi. – Se è per questo, ecco te lo darò. Ma prima dimmi, presto: cosa sai sul Grande Lupo Mannaro?

– So che tutta la sua cattiveria è nella coda!
– Nella coda?
– Sí. Basterà che, con le tue arti magiche, tu gliela faccia cadere, e non sarà mai piú un temibile rivale.
– Ah, che bellezza, che bellezza! – fece la strega sfregandosi le mani storte dalle unghie ricurve come artigli. – Domani lo inviterò a pranzo fingendo di volermi scusare con lui, gli farò bere una pozione e, mentre se ne trotterellerà a casa, per effetto della magia... ZAC, senza neanche accorgersene, perderà la coda nel bosco! Ah, ah, ah!
Lo scherzo era perfettamente riuscito.

Cosí Rebecca ebbe il cappello e, il giorno dopo, raccolse nel bosco la coda del lupo. Fu semplice come cogliere un giglio.
Poi tornò alla grotta e consegnò i due oggetti al Bandito Quattro Sberle che non riusciva a credere ai propri occhi. Nessuna delle principesse che aveva rapito era mai tornata da quell'impresa. Prese allora una fiaschetta e da quella versò uno strano liquido argentato dentro il cappello della Strega Bistrega e disse alla principessa: – Ora ti chiedo un ultimo favore, poi sarai libera. Mescola questo liquido usando la coda del lupo e fallo bere alla mia scimmia.

Rebecca eseguí quegli strani ordini, anche se non ne capiva il motivo. Quale non fu il suo stupore quando la scimmia, dopo aver bevuto, si trasformò in un meraviglioso principe.
Il bandito si gettò in lacrime ai suoi piedi esclamando: – Mio amato principe Alessio di Marzapane, finalmente siete libero dall'orribile maleficio!
– Alzati, mio fedele scudiero! Premierò la tua devozione! – disse il bellissimo principe.
– Potrei sapere che scherzo è questo? – chiese Rebecca che vedeva scherzi dappertutto.
Venne cosí a sapere che il principe

Alessio di Marzapane era stato trasformato in una scimmia parlante proprio dalla Strega Bistrega, mentre attraversava quelle terre lontane con la sola compagnia del suo scudiero. Per somma perfidia, la strega gli aveva lasciato la parola, ma se avesse svelato a qualcuno la sua vera identità, sarebbe morto.

Il suo scudiero era allora diventato un bandito per offrire comunque al suo principe un'esistenza regale. Poi aveva consultato maghi e stregoni per trovare un antidoto al maleficio.

Nessuno era piú potente della Strega Bistrega, ma un mago un giorno gli aveva detto: – Tieni, il liquido che è in questa fiaschetta può rompere il maleficio, ma solo se sarà una principessa a farlo bere alla scimmia. Bada, però, – aveva proseguito il mago – la principessa non dovrà in alcun modo sapere che la scimmia è un principe, dovrà rubare il cappello della Strega Bistrega e la coda del Grande Lupo Mannaro. Con questa coda dovrà mescolare la pozione dentro al cappello e poi farla bere al principe-scimmia.

Cosí il Bandito Quattro Sberle si era messo a rapire principesse, ma nessuna era

riuscita nell'impresa. C'era voluta una principessa dispettosa e furba come Rebecca per ottenere con l'inganno il cappello e la coda.
Il principe, riconoscente e ammirato, la chiese in sposa e la principessa accettò.
La principessa Mille Dispetti visse una lunga vita felice col principe Alessio di Marzapane. I suoi dispetti e i suoi scherzi non disturbavano troppo il principe. Anzi, lo divertivano perché per tanti anni era stato una scimmia, il piú dispettoso degli animali.
E poi Rebecca di dispetti non ne faceva piú mille, ma solo qualcuno ogni tanto. Insomma, non esagerava mai perché

a corte viveva il Bandito Quattro Sberle che per i suoi meriti era stato fatto ministro, ma aveva pur sempre due poderose mani capaci di fenomenali sberle.

La principessa Tosca e la strega Fosca

illustrazioni di Sara Not

A Cristine,
la principessa di Luca,
un po' strega e un po' bambina

Al tempo in cui i bambini venivano al mondo in volo, portati dalle cicogne, a Fantasilàn venne aperta la Prestigiosa Scuola per Principesse. C'erano allora in quelle terre piú castelli sui colli che cicogne in cielo. E dire che Fantasilàn veniva anche chiamata «il paese delle cicogne», perché laggiú vivevano migliaia di quegli uccelli che avevano l'abitudine di fare i loro grandi nidi proprio sulle torri e sulle guglie piú alte dei castelli.

Fantasilàn era allora divisa in tanti minuscoli regni, e ogni regno aveva il

suo re e il suo castello con le sue cicogne posate sopra merli e guglie.
Ogni re aveva anche il suo indovino che, proprio studiando il volo delle cicogne, faceva previsioni e predizioni, vaticinando il futuro. Nessuno quindi faceva inviti, organizzava viaggi o muoveva guerre, se prima l'indovino non aveva dato il suo parere.
Naturalmente, essendoci molti regni e molti re, c'erano anche altrettante regine e nascevano un mucchio di principi e principesse, portati in volo dalle cicogne dentro graziosi cestini.
Quando le principessine compivano sei anni, prima che venisse aperta la famosa

scuola, venivano affidate a un'istitutrice.

La migliore istitutrice di Fantasilàn era, a quei tempi, madamigella Priscilla Bon Ton, e tutti i re e le regine la volevano come insegnante per le loro figliole. La poveretta doveva cosí farsi in quattro e correre in carrozza da un castello all'altro, per offrire la sua esperienza e i suoi servigi alle molte principesse di tutti quei minuscoli regni. Ma non era facile accontentare tanti re e nemmeno era il caso di scontentarne qualcuno, rifiutando d'istruire sua figlia per mancanza di tempo.

Fu cosí che a Priscilla Bon Ton venne l'idea della scuola: pensò di creare un esclusivo collegio per principesse e di farlo costruire proprio al centro delle terre di Fantasilàn. Ogni re avrebbe mandato a scuola sua figlia dai sei ai tredici anni e cosí, raccogliendo le principesse in un unico posto, madamigella Bon Ton avrebbe potuto insegnare a tutte quante senza problemi. Gli indovini, dopo aver osservato il volo delle cicogne, furono d'accordo: – Sí, l'idea della scuola è proprio un'ottima idea! – e ogni re contribuí alle spese della costruzione dell'edificio, uno splendido castello che fu dipinto di rosa

perché il colore sembrava adatto a una scuola per principesse.
La Prestigiosa Scuola per Principesse funzionava come una specie di collegio: le nobili alunne vi abitavano e seguivano le lezioni dal lunedí al venerdí, quindi rientravano nei loro castelli per trascorrere in famiglia il fine settimana.
Quando la principessina Tosca compí sei anni, il re Baldo e la regina Baldovina del regno di Balduzia fecero una festa speciale. Dal giorno dopo la loro unica figlia avrebbe cominciato a frequentare la Prestigiosa Scuola per Principesse e questo era un fatto importante.
Re e regina erano piú che certi che Tosca

a scuola non avrebbe avuto problemi e avrebbe imparato senza fatica tutte quelle nozioni che fanno di una ragazza una vera principessa.
Ma le cose non andarono affatto cosí e se ne resero conto ben presto, il giorno in cui arrivò a casa, o meglio al castello, la prima pagella che veniva consegnata dopo quattro mesi di scuola.
La pagella della principessa era una pergamena profumata, scritta con inchiostro d'oro zecchino, ma quando re Baldo la lesse fece un tale sobbalzo che la corona gli cadde con un tonfo dalla testa. Alla regina Baldovina invece venne il singhiozzo, e questo le succedeva ogni

volta che era colta da una violenta emozione.

– MOVENZE E POSTURA: scarso, – lesse il re.

– CANTO E... *hic* PIANOFORTE: *hic*, molto scarso, – continuò la regina tra un singulto e l'altro.

– DANZA: gravemente insufficiente. CONVERSAZIONE REGALE: insufficiente. RICAMO E CUCITO: scarso. Com'è possibile?! – tuonò il re.

– NOZIONI... *hic* DI MODA... *hic* PRINCI... *hic* PESCA: insuffi... *hic* ciente! – La crisi di singhiozzo della regina si era ancora aggravata. – LABORA... *hic* TORIO DI ACCONCIA... *hic* TURE... *hic* REGALI... *hic*:

gravemente insuf... *hic* –. Ma la regina non riuscí piú a continuare e scoppiò a piangere, sciogliendo in rivoli d'oro gli ultimi giudizi negativi di sua figlia.

Tosca teneva gli occhi bassi e avrebbe voluto diventare invisibile.

– Esigo una spiegazione! – gridò il re.

– Non mi piace la scuola per principesse! – piagnucolò Tosca senza alzare lo sguardo. Era la verità, ma non piacque né al re né alla regina.

– Vergogna! – urlò il re severo. – Che ti piaccia o no, sei una principessa e la devi frequentare. E frequentarla non basta, vogliamo dei risultati, dei bei voti!

– Insomma, vogliamo che tu ti faccia

onore e che diventi una perfetta principessa! – concluse la regina, asciugandosi gli occhi con un fazzoletto di batista e soffiandosi il naso con molta grazia.
Anche Tosca tentò di asciugarsi gli occhi, ma lo fece sfregandoli con i pugni chiusi. Poi si soffiò il naso rumorosamente in una delle ampie maniche dell'abitino ricamato, perché non le riuscí di trovare un fazzoletto, anche se aveva frugato con malagrazia in ogni tasca facendone cader fuori biglie, bigliettini, briciole, pupazzetti e persino un serpentello e una rana viva.
– Tosca! – strillò la regina. – Che

Ohhh...

Orrore... *hic*! Ti sembra questo un... *hic* comportamento... *hic* da principessa?

– EDUCAZIONE E BUONE MANIERE: gravemente insufficiente, – terminò di leggere il re con tono lugubre, poi accartocciò la pagella e le diede persino un morso, perché era stato colto da un attacco di rabbia.

Tosca venne sgridata e minacciata di terribili punizioni. Con le lacrime agli occhi, la principessina promise d'impegnarsi di piú, ma anche nei mesi seguenti le cose non andarono meglio: Tosca sembrava negata per fare la principessa.

A lezione di movenze e postura, quando doveva camminare con una pila di libri in testa per allenarsi a incedere ben eretta e in modo elegante, i libri

cominciavano a ondeggiarle pericolosamente sul capo. Poi precipitavano tutti come un castello di carte, mentre Tosca inciampava nei suoi stessi piedi.

Durante le lezioni di moda principesca, Priscilla Bon Ton chiedeva alle sue nobili alunne di scegliere fra un mucchio di vestiti e accessori. Erano abiti, borse, scarpe, cappellini e gioielli di fogge e colori diversissimi. Le principessine dovevano abbinarli in modo da ottenere un perfetto completo da sera, oppure un corretto abbigliamento da passeggiata primaverile

o da viaggio invernale, secondo la richiesta dell'insegnante.
Immancabilmente, Tosca abbinava brillanti scarpette col tacco a un abbigliamento sportivo e abiti da ballo con cappellini da sole, anziché con appropriati diademi. Inoltre, chissà perché, sceglieva sempre colori scuri e accostava tinte che facevano a pugni tra loro.
Durante l'ora di conversazione regale, anziché parlare di principi azzurri, feste, fidanzamenti, vestiti o fiori, Tosca interveniva dicendo: – Sapete, ieri in solaio ho trovato un pipistrello bello grasso! – oppure: – Guardate cosa ho

preso allo stagno! – e tirava fuori di tasca un rospaccio viscido che faceva urlare e rabbrividire tutte le altre principesse. Due o tre svenivano persino, guadagnandosi cosí un bel voto, perché svenire è molto appropriato per chi vuol diventare una perfetta principessa. Ma Tosca, stranamente, amava rospi, pipistrelli, vermi, ragni, cimici e lucertole. Di rose, mughetti e gigli invece non se ne intendeva affatto.

Quando danzava poi era un vero disastro.

– Tosca, – le urlava Priscilla Bon Ton, vedendola saltare come una scimmia con le pulci a ritmo di minuetto. – Il tuo modo di ballare sarebbe perfetto in

un sabba di streghe! Possibile che tu non senta il ritmo e non riesca a muoverti con un po' di grazia?
Tosca abbassava gli occhi mortificata: tutte le altre principessine la prendevano in giro, ma non appena ricominciava a ballare, gambe e piedi si muovevano per conto loro come se fosse stata morsa da una tarantola, e Tosca sembrava di nuovo un'indemoniata.
Un giorno, durante il laboratorio di acconciature regali, Tosca si sistemò i capelli in un modo che credeva originale. In realtà pareva che avesse preso la scossa e i capelli le stavano ritti in testa come gli aculei di un istrice.

Priscilla Bon Ton non poteva credere che non l'avesse fatto apposta, e Tosca si prese una nota. Era venerdí e quella nota andava riportata il lunedí, debitamente firmata dal re in persona.

Quando arrivò a prenderla il cocchiere Rinaldo, per riportarla al castello, Tosca montò in carrozza triste e pensierosa. Ma Rinaldo pareva piú preoccupato di lei.

– Principessa, – annunciò, – oggi purtroppo per tornare a casa dovremo attraversare Bosco Fosco, perché la strada principale è interrotta da una frana.

– Il bosco delle streghe? – chiese Tosca impallidendo, perché tutti a Fantasilàn

sapevano che da Bosco Fosco era meglio stare alla larga, e si diceva che fosse infestato dalle streghe.

Non c'era comunque un'altra strada per tornare al castello di Balduzia, quindi Rinaldo disse:

– L'importante è non attraversarlo di notte, ma arriveremo ben prima che faccia buio! – E frustò i cavalli che partirono al galoppo.

Purtroppo però, proprio nel bel mezzo di Bosco Fosco, si ruppe il mozzo di una ruota della carrozza e Rinaldo fu costretto a fermare i cavalli e a scendere per ripararlo. Era molto spaventato, non faceva che guardarsi attorno e in ogni ombra del bosco gli pareva di scorgere la gobba o il naso di una strega.

– Principessa Tosca, – si raccomandò, – voi non dovete assolutamente scendere dalla carrozza!

Ma Tosca si annoiava e la riparazione andava per le lunghe. Aveva anche scorto un tappeto di fragoline, proprio ai margini della radura. La principessa era golosa di fragole di bosco, e scese di nascosto per mangiarne un po'. Erano squisite e, dopo averne fatto una scorpacciata, Tosca cominciò a riempire

iuppi-iu!!!
?

il suo elegante cappello, usandolo come cestino. Era china a raccoglier fragole, quando sentí un fruscio. Alzò gli occhi e con grande stupore si ritrovò davanti... se stessa! Almeno cosí le parve. Quella

che aveva di fronte, infatti, era una bambina identica a lei. Si somigliavano come due gocce d'acqua, anche se l'altra era vestita di stracci scuri e teneva in mano un nero cappellaccio a punta.

– Chi sei? – chiese Tosca.

– Mi chiamo Fosca, – rispose la bambina, – e sono una strega.

Tosca a queste parole impallidí e stava per darsela a gambe, ma Fosca la tranquillizzò: – Non aver paura, io come strega non valgo una cicca, purtroppo. Guarda! – E da una sacca che aveva a tracolla tirò fuori un papiro grigiastro e lo srotolò davanti agli occhi di Tosca. Su quel fogliaccio sporco che puzzava di zolfo era scritto: – Fosca non fa alcun progresso in magia nera. Oggi poi, durante distillazione delle pozioni venefiche, ha prodotto uno stomachevole rosolio zuccherino anziché il filtro paralizzante da me richiesto –. Seguiva uno svolazzo nero come l'ala di un pipistrello: era la firma di Schifida Diablos.

– Chi è? – chiese Tosca.

– La direttrice dell'Obbrobriosa Scuola per Streghe. È una fattucchiera molto potente e un'insegnante severissima! – spiegò Fosca, e dagli occhi le rotolarono giú due lacrimone mentre aggiungeva:

– Mio padre, il grande stregone

Luciferox, mi trasformerà in un pidocchio quando leggerà questa nota, e poi mia madre, la strega Brumosa, mi schiaccerà!

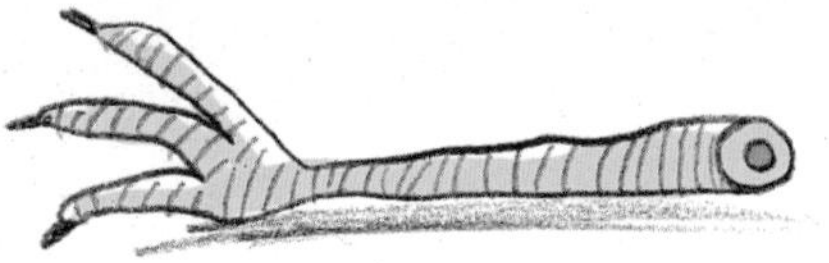

La piccola strega si asciugò gli occhi con un fazzolettino che le aveva porto Tosca, e lo fece con un gesto aggraziato piú da principessa che da strega, quindi disse:

– Ti chiedo scusa per la mia maleducazione, non ti ho nemmeno chiesto chi sei tu.

– Mi chiamo Tosca, sono una principessa, ma non aver paura, anch'io come principessa non valgo un fico secco! – Poi scoppiò a ridere per quello che aveva appena detto. Perché mai una strega avrebbe dovuto aver paura di una principessa? La cosa fece ridere anche Fosca, e Tosca si sentí felice di aver rallegrato quella piccola strega che le somigliava tanto e che sentiva già come un'amica.

– Ma hai notato? – dissero poi in coro, nello stesso istante, puntando l'indice l'una verso l'altra. Scoppiarono nuovamente a ridere e, sempre insieme, esclamarono: – Siamo identiche!

– Siamo sosia, si dice cosí, mi pare, – disse la principessa, e per gioco decisero di scambiarsi i cappelli. Ma Tosca si era dimenticata di aver riempito il suo di fragole e Fosca se le spiaccicò in testa. Sulla faccia le scesero rivoli rossi di succo.

– Pare sangue! – strillò Tosca. – Cosí sí che sembri una strega terrificante!
Quindi si mise in testa il cappellaccio da strega e si ritrovò con mille fiori tra i capelli. Anche la piccola strega l'aveva usato come cestino, riempiendolo di gigli, violette e margherite.
– Ti piacciono i fiori? – chiese Tosca stupita, storcendo il naso.
– Moltissimo! – confermò Fosca arrossendo un po'. – Cosí comunque hai un aspetto piú regale, anche se, lasciatelo dire, sei piuttosto scarmigliata per essere una principessa! – Poi, vedendo Tosca un po' triste e pensierosa, aggiunse: – Ti sei offesa?

Ehi!!!
Uau!!!

– No, ma il fatto è che... be', la pensa cosí anche la mia insegnante! – e Tosca mostrò la nota che aveva preso quel giorno.
– Be', anch'io a scuola vado malissimo! – raccontò la streghetta. – Non fanno che dirmi che sono troppo carina e che ho disgustosi atteggiamenti da principessa. Le compagne mi prendono in giro e mi fanno terribili scherzi da... da vere streghe, ecco! I miei genitori poi si vergognano di me.
– A chi lo dici! – intervenne Tosca, che si trovava nella stessa situazione. E a un tratto le venne un'idea fantastica:
– Senti, ma perché non approfittiamo

della nostra somiglianza e ci scambiamo?

– Non sarà disonesto? – si preoccupò Fosca che, per essere una strega, era veramente un po' troppo educata.

– Sarà molto utile! – esclamò Tosca in tono sbrigativo. – La prossima settimana ci sono gli esami e di sicuro io sarò bocciata. Sono certa che al mio posto tu faresti un figurone!

In quel momento, dalla cartella della principessa sbucò la testa di un serpentello che lei allevava di nascosto. Fosca, inorridita, fu

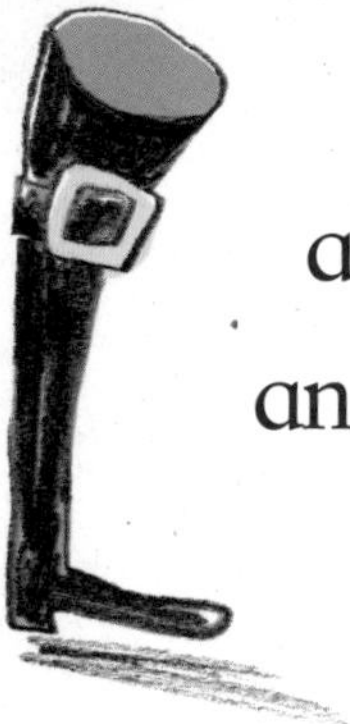

costretta a riconoscere: – Pure tu al mio posto faresti un figurone, e anch’io ho gli esami finali di stregoneria del primo anno.

In quel momento si sentí la voce preoccupata del cocchiere:
– Principessa Tosca, dove vi siete cacciata? Vi avevo detto di non scendere! La carrozza è riparata.
Non c’era tempo da perdere. In quattro e quattr’otto le due bambine si scambiarono d’abito e di cartella, e promisero di ritrovarsi allo stesso posto dopo una settimana. Fosca indicò a Tosca il sentiero che l’avrebbe riportata a casa, cioè nella lurida e

sinistra catapecchia dello stregone Luciferox e della strega Brumosa, poi corse verso la carrozza gridando:
– Sono qui, non preoccuparti, ho solo raccolto qualche fiorellino per la mamma!

Si sentiva assolutamente felice all'idea che quella sera avrebbe cenato in un castello e dormito in un sontuoso letto a baldacchino.
Tosca invece si allontanò nel bosco molto elettrizzata per quella nuova avventura e perfettamente a suo agio in quegli abiti da strega. Neanche la catapecchia infestata da rospi e pipistrelli le fece una cattiva impressione, perché lei amava quelle bestiole.
In quanto allo stregone Luciferox e alla strega Brumosa, erano veramente spaventosi, ma Tosca si disse che non doveva averne paura perché la

credevano la figlia Fosca.

Certo la sgridarono molto per la nota, ma a questo la principessina era piú che abituata e scoprí che i re non sono poi cosí diversi dagli stregoni, quando sono furibondi e delusi dai risultati scolastici della propria figlia.

Luciferox era cosí arrabbiato che, sputacchiando saliva verdastra, ululò:

– Non avremmo mai dovuto raccoglierti nel bosco! Dovevamo lasciare che i lupi ti divorassero, oppure trasformarti in un bel fungo velenoso. Che idea, adottare una trovatella!

– Come, non sono vostra figlia? – si

stupí Tosca, cercando di comportarsi come avrebbe dovuto fare Fosca.
– No! – gridò esasperata anche la strega Brumosa. – Ti abbiamo trovata abbandonata in una culla in mezzo a Bosco Fosco. Per questo ti abbiamo chiamata Fosca. Speravo di fare di te una vera strega, ma si capisce che non hai neanche un'oncia di sangue stregonesco! – sospirò Brumosa.
– Anzi, comincio a sospettare che tu abbia sangue blu nelle vene! – aggiunse con disprezzo Luciferox, e quella parola, «blu», la cacciò fuori come uno sputo.
«Senti, senti... – si disse Tosca. – Dovrò parlarne a Fosca!»

Intanto anche Fosca, al castello, doveva subire i soliti rimproveri di re Baldo e le crisi di singhiozzo della regina Baldovina. «Sono piuttosto simili ai miei genitori», si disse la piccola strega, spaventata dalle urla del re.

– Basta, non si può andare avanti cosí! Chiamate l'indovino! – ordinò re Baldo piú esasperato che mai. – E tu, va' in camera tua a studiare per gli esami!

Ma Fosca era molto curiosa di sentire cosa avrebbe detto l'indovino e si nascose dietro una tenda del salone per origliare.

– Voglio sapere perché mia figlia va cosí male alla Prestigiosa Scuola per

Ohhh...

Principesse e cosa si può fare perché migliori! – disse il re al suo indovino, che si chiamava Lampredonius.
– Uhm, uhm! – borbottò Lampredonius, e uscí sul balcone per scrutare il volo delle cicogne. Proprio in quel momento, uno stormo di cicogne stava volando verso Bosco Fosco e l'indovino disse:
– Uhm, uhm, temo che sei anni fa ci sia stato un fatale scambio tra le due gemelle!
La regina Baldovina cominciò a saltare come un canguro, scossa dalla piú violenta crisi di singhiozzo che avesse mai avuto.
Re Baldo, impallidendo, disse: – Vuoi dire che abbiamo tenuto la strega e fatto uccidere la principessa?

Fosca si fece tutt'orecchie e quello che udí in seguito la lasciò senza parole. Adesso sapeva perché non si era mai comportata come una vera strega.
«Senti, senti... – si disse. – Dovrò parlarne a Tosca!»
Arrivò la settimana degli esami e la principessa Tosca, nel nuovo ruolo di strega, fece un'ottima figura all'Obbrobriosa Scuola per Streghe, dove i suoi capelli scarmigliati e la sua collezione di rane e lombrichi furono molto apprezzati. Non era molto abile

a far magie, ma quando Schifida Diablos la vide esibirsi in danza satanica, cominciò ad applaudire con le sue manacce adunche e bitorzolute. Non si era mai vista un'esibizione piú indiavolata e Tosca, che tutti credevano la piccola strega Fosca, ottenne la promozione per l'amica sosia.

Intanto, anche alla Prestigiosa Scuola per Principesse, Fosca faceva un'ottima figura. Priscilla Bon Ton era stupefatta: Tosca le pareva improvvisamente cambiata e durante l'esame di conversazione regale la incantò parlando di coltivazione delle rose e descrivendo con competenza tutte le varietà di questo splendido fiore. Quello che madamigella Bon Ton non poteva sapere era che a deliziarla cosí, con la propria conversazione, non era Tosca ma Fosca. Anche nell'abbinamento di vesti e accessori, la sosia della principessa Tosca dimostrò un gusto squisito, e a danzare era la piú aggraziata. Priscilla Bon Ton non riusciva a spiegarsi un simile cambiamento, ma non le importava. Era piú che felice di poterla promuovere senza dover cosí deludere o irritare il re di Balduzia.

A fine settimana Rinaldo venne a prenderla, e la sosia della principessa

Tosca salí in carrozza tutta soddisfatta per la bella pagella. Ma quando Rinaldo frustò i cavalli, gli ordinò di passare di nuovo attraverso il bosco. Il cocchiere non voleva, ma Fosca gli disse:
– Io non sono Tosca ma l'altra gemella, quella che tu tanti anni fa hai abbandonato nel bosco!
Il cocchiere a queste parole impallidí e la portò nella radura dove le due bambine avevano appuntamento.
Cosí, quando Tosca e Fosca si ritrovarono, non era la promozione la notizia piú importante. Ognuna conosceva metà della stessa storia e insieme si resero conto di essere gemelle,

entrambe figlie di re Baldo e della regina Baldovina. Era successo, infatti, che alla loro nascita si era interpellato come di consueto l'indovino, e Lampredonius,

dopo aver osservato il volo della cicogna che le aveva portate in un cestino, aveva detto: – Uhm, uhm... sono gemelle, ma una diventerà una strega, e sarà quella che strillerà per prima.
Il re e la regina, che non ne volevano proprio sapere di avere una figlia strega, avevano detto alla balia di consegnare a Rinaldo, in una culla, la bimba che avrebbe strillato per prima. Poi avevano ordinato al cocchiere di gettarla nel fiume. Ma la balia doveva aver fatto confusione tra le gemelle e Rinaldo comunque non aveva avuto cuore di gettarla nel fiume, ma l'aveva abbandonata nel bosco. Questo era ciò

che aveva scoperto la piccola Fosca, nascosta a origliare dietro le tende del salone.
Tosca e Fosca tornarono al castello e si presentarono insieme ai genitori. Re Baldo e la regina Baldovina, contenti ma confusi per questa nuova situazione, consultarono di nuovo l'indovino per capire come comportarsi.
Lampredonius disse: – Uhm, uhm, Tosca non è una perfetta principessa, e d'altra parte, allevata a corte, non è neppure una vera strega. E Fosca non è certo una strega, ma, allevata a Bosco Fosco, non è nemmeno una vera principessa!

– Non sono del tutto streghe, non sono del tutto principesse... Cosa sono allora? – chiese la regina sempre piú confusa.
– Uhm, uhm, un po' streghe e un po' principesse... Uhm, uhm, direi che sono due bambine! – concluse l'indovino.
E aveva davvero indovinato. Infatti anche oggi, che non ci sono piú i minuscoli regni di Fantasilàn e di quelle terre si è perso anche il nome, ogni giorno nelle scuole – perché quelle sí, ci sono ancora – capita di trovare bambine un po' streghe e un po' principesse. E c'è ancora qualcuno, ma solo qualcuno, che pensa che a portarle siano le cicogne.

Un regno per due principesse

illustrazioni di Sara Not

A tutti quelli che con me
hanno camminato nel Sahara

Tanto tempo fa, quando ancora il fiume Draa attraversava il Sahara, il sultano Moulay el Jedid regnava su quelle terre. Era lui il padrone di quel vasto deserto di sabbia e delle ricche oasi verdi e delle valli che producevano ogni ben di dio.

Moulay el Jedid veniva anche chiamato «il sultano delle mille casbe», perché sulle rive del Draa sorgevano un migliaio di fortezze, rosse come la terracotta, che parevano quei castelli da fiaba che i bambini costruiscono per gioco con la sabbia.

Nella piú splendida di queste casbe viveva il sultano con le sue due amate figlie: la

bella Alima e la dolce Laila.
Un giorno il sultano, ormai vecchio e malato, sentendo che si stava avvicinando l'ora della sua morte, fece chiamare al capezzale le principesse.
– Alima e Laila, figlie mie, poiché mi siete ugualmente care ho deciso che alla mia morte, ormai vicina, erediterete ciascuna una metà del regno.
La giovane Laila scoppiò in lacrime. Ma Alima, la maggiore, ebbe un gesto di stizza che cercò di mascherare.
Allora il sultano aggiunse: – Mia cara Alima, lo so che sei la maggiore e che, per consuetudine, maggiore dovrebbe essere la tua eredità e la mia

considerazione. Non l'ho dimenticato, e infatti sarai tu a decidere in che modo dividere il regno e a scegliere per prima la metà che ti spetta. Esegui questo compito con giustizia e generosità perché, non dimenticarlo, sono queste le qualità migliori di un re!

Furono le sue ultime parole: Moulay el Jedid chiuse gli occhi e serenamente si spense.

Ma la principessa Alima, che era egoista e ambiziosa quant'era bella, e aveva creduto e sperato di essere l'unica erede, non aveva nessuna intenzione di seguire quei saggi consigli. Cosí consultò le carte geografiche e chiamò a consiglio visir,

nobili e contabili per capire quali fossero le città piú ricche e le zone piú redditizie, in modo da poter dividere il regno a suo vantaggio. E all'improvviso, guardando quelle carte, le venne un'idea cattiva e ingiusta che le sembrò geniale. Aveva trovato il modo di ottenere ciò che desiderava, pur rispettando la volontà del padre.

Fece dunque chiamare Laila per comunicarle le sue decisioni.

– Cara sorella, – cominciò con tono falsamente affettuoso, dispiegando una grande carta geografica, – ora ti mostrerò su quali terre potrai regnare. E sappi che la tua parte sarà ben piú della metà perché, come voleva nostro padre, sono stata molto generosa!

– Non ce n'era bisogno! – si schermí Laila che, benché principessa, era modesta. – Io mi contento di poco.

– E io invece, con gioia, ti concedo tanto! – disse Alima con un sorrisetto

ironico. – Terrò per me solo le zone verdi e tu avrai la parte che qui, sulla carta, è dipinta di giallo.
Le zone segnate in verde corrispondevano, in effetti, a una superficie ben minore di quella vasta zona contrassegnata in giallo. Il fatto è che quell'ampia superficie gialla era il deserto, l'immenso Sahara, che era vasto, sí, ma non offriva nulla se non caldo, arsura e sabbia.

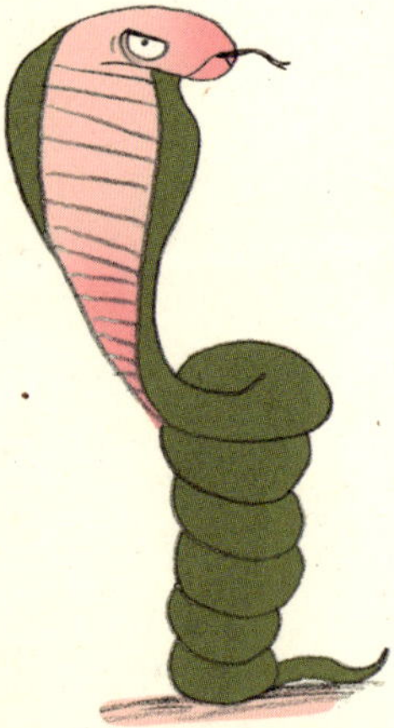

Non vi cresceva niente e non vi abitava nessuno, a parte fennec, scorpioni, cobra e vipere cornute. Il Sahara era un'interminabile distesa di

dune e quando il vento
l'attraversava,
scatenando terribili
tempeste di sabbia,
diventava come un inferno
bollente e irrespirabile.
Le zone verdi invece erano le oasi e le valli dei fiumi, che somigliavano a un paradiso pieno di profumi e colori, perché lí crescevano rigogliose palme da dattero e coltivazioni d'ogni tipo.
Laila, che era cosí buona da non vedere il male nemmeno negli altri, guardò Alima con stupore e si rammaricò non per se stessa ma per lei, cosí ingiusta e crudele.

– Povera sorella! – sussurrò scuotendo il capo.
Alima, che si aspettava d'essere ingiuriata o implorata, a quelle parole s'infuriò:
– Povera sorella? Adesso la vedremo chi di noi due sarà povera! – E subito le venne un'altra idea cattiva. – Voglio essere ancor piú generosa! – esclamò con sarcasmo. – Non è giusto che io abbia un popolo su cui regnare e tu soltanto granelli di sabbia, serpenti e scorpioni. Sei pur sempre una principessa e devi avere dei sudditi! Potrai, anzi, dovrai portare con te tutti i poveri, i mendicanti, i malati e i

diseredati. Io terrò come sudditi soltanto nobili, contabili, commercianti, artigiani e agricoltori. Non potrai lamentarti, ti concedo un sacco di gente su cui regnare!

In effetti, anche allora come in ogni tempo, e anche in quel regno come in ogni luogo, i poveri erano ben piú numerosi dei ricchi. E cosí Alima si teneva ogni fonte di ricchezza, liberandosi anche del problema di dover provvedere ai sudditi piú sfortunati e bisognosi.

Ancora una volta Laila non protestò, e anzi sussurrò:

– Oh, infelice sorella!

Alima andò allora su tutte le furie e gridò: – Infelice sorella? Adesso la vedremo chi sarà infelice! Ho voluto essere generosa, ma ora metterò delle condizioni. Se tu o i tuoi uomini entrerete nel mio regno, verrete imprigionati. Ed esigo che i tuoi sudditi si dipingano la faccia di blu, cosí le mie guardie potranno riconoscerli e arrestarli. Ma perché ci sia assoluta giustizia, come voleva nostro padre, anche i miei sudditi non potranno metter piede nel tuo regno e neppure io. Se lo farò, potrai rinchiudermi nelle tue prigioni! – E Alima scoppiò a ridere poiché nel deserto non c'erano prigioni, e non vedeva alcun motivo per cui una principessa che aveva tutto dovesse recarsi in un deserto dove non c'era nulla.

Poi, stizzita perché Laila non reagiva e infastidita da quella tranquilla rassegnazione, Alima gridò: – Non hai proprio nulla da chiedermi, sorella?

– Solo due cose, – si decise allora a rispondere Laila.

Alima, soddisfatta perché finalmente Laila si umiliava a chiedere anziché compatirla, fece una risata cattiva e disse: – Ricordati, però, che puoi

rivolgermi solo due richieste. Alla terza, ti farò tagliar la testa!
– Sono solo due, – assicurò Laila.
– Adesso sono due, ma attenta: se un domani dovessi presentarti davanti a me con una terza richiesta, io ti farò tagliare la testa!
– E la giustizia? – chiese Laila, alzando improvvisamente gli occhi che aveva sempre tenuto bassi.
Alima fece fatica a reggere quello sguardo e, senza troppo pensarci su, disse tutto d'un fiato:
– D'accordo, anche quest'ultima regola sarà alla pari. Avrò diritto anch'io a rivolgerti soltanto due richieste, alla

terza potrai farmi tagliare la testa.
Non le piacque dire queste ultime parole e nel dirle sentí un brivido proprio dietro la nuca, come se una lama affilata vi fosse poggiata contro. Ma subito scacciò quella fastidiosa sensazione. Perché mai lei, la principessa delle oasi, avrebbe dovuto avere tre richieste da rivolgere alla principessa del deserto? Era impossibile, non sarebbe mai accaduto.
Laila intanto segnava sulla carta alcuni puntini verdi all'interno della grande superficie gialla e disse:
– Ti chiedo di lasciare alle mie genti almeno queste piccole oasi all'interno

del deserto. Se non potessimo rifornirci d'acqua e abbeverare il bestiame, moriremmo tutti di fame e di sete.

– Quale bestiame? – chiese Alima sghignazzando.

– Questa è appunto la mia seconda richiesta. Voglio capre e dromedari: un animale ogni cinque uomini che verranno con me.

– Capre e dromedari? Se ti fa piacere portarti dietro questi animali che puzzano e sputano, fai pure, ti accontenterò! Quelle brutte bestiacce

con la gobba sono proprio la giusta cavalcatura per la principessa degli storpi e dei gobbi! – e Alima non la finiva piú di sghignazzare, ma concesse senza difficoltà quanto richiesto.
Ciò che accadde, però, fu che questa conversazione venne ascoltata da Fatima, la governante delle due principesse, ormai vecchia e piú gobba di un dromedario.
Fatima era entrata nella stanza per servire alle principesse il tè alla menta e, mentre lo faceva, ebbe modo di sentire tutto e si rattristò molto per la sorte della dolce Laila.

Bisogna sapere che Fatima era un po' fattucchiera, non una vera strega con grandi poteri, ma riusciva comunque a gettare il malocchio e a preparare certi intrugli che provocavano o curavano lievi malanni.

Se ne andò borbottando molto arrabbiata:

– Che ingiustizia, che crudeltà! Saprò ben vendicare io la piccola Laila! Chi è duro di cuore va ripagato con durezza! – e non la finiva piú di biascicare invettive contro la perfida Alima.

Fatima per prima cosa andò a cercare suo figlio Molud, che era cammelliere,

e lo pregò di guidare nel deserto la
principessa Laila e la carovana
del suo popolo, di servirla

e non abbandonarla mai, e di tornare
di nascosto, di tempo in tempo, a
portare sue notizie.

Quindi preparò un decotto e lo mise nella tisana che ogni sera Alima beveva prima di coricarsi.
Il giorno dopo, quando la principessa Alima si alzò e mise giú i piedi dal letto,

infilandoli in due babbucce di morbida pelle, sentí un dolore acuto sotto il piede destro che le fece cacciare uno strillo. Subito si affacciò alla stanza Fatima.

– Cosa vi capita, principessa? – chiese atteggiando il viso a stupore.

– Non so! Guarda tu cosa c'è in questa scarpa che mi ha ferito il piede! – ordinò Alima, scalciando lontano con mala grazia la babbuccia destra.

La vecchia governante si chinò con fatica a raccattarla e poi disse:

– Non c'è nulla, sua altezza, solo la morbida suola!

La principessa, che intanto aveva riappoggiato

il piede scalzo, cacciò un altro strillo: era sotto la pianta del piede ciò che le faceva male. – Cos'è? – chiese sgarbatamente Alima, ficcando il piede quasi in faccia alla povera Fatima.

La governante finse di esaminarlo con grande cura, ma sapeva benissimo cosa avrebbe trovato: una piccola gobba dura e dolente, cioè un volgare callo. Era quello il frutto della sua debole magia: un piccolo callo, ma sarebbe bastato a rendere un inferno la vita della perfida principessa.

– Cos'è, allora? – gridò Alima.

– Uhm, uhm... – fece Fatima con aria dubbiosa. – Se non foste una nobile principessa, direi che è un... ma no, non è possibile!

– Insomma, deciditi! Si può sapere cos'è?

– Se voi foste una povera raccoglitrice di datteri, di quelle che si arrampicano scalze su per i tronchi delle palme, direi che è... ma no, non è possibile! Se voi foste un pastorello, che gira a piedi nudi sui terreni pietrosi dei pascoli, allora direi che potrebbe essere di sicuro un... ma no, non è possibile!

Alima stava perdendo la sua già scarsa pazienza e si mise a strillare: – È... potrebbe essere... non è... Se non la smetti con questi indovinelli e non mi dici subito cosa credi che sia, ti farò tagliar la testa!

– Principessa, io temo molto che mi fareste tagliar la testa se dicessi cos'è, perché è un male lieve ma vergognoso, impossibile in un piede regale. Mi

spiace, ma non sarò io
a suggerire una
diagnosi senz'altro
sbagliata. Sono
vecchia, gobba e orba,
mi sbaglio di sicuro!

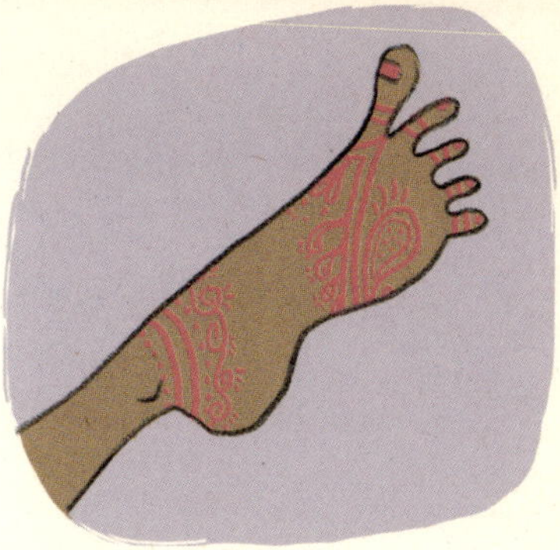

Meglio consultare un medico, e che sia lui a dire di cosa si tratta.

– E sia! – acconsentí Alima. – Ma allora vai a chiamare immediatamente i medici di corte.

A corte vivevano i tre medici piú valenti del regno: Averroè, Sidi Yussef e Babúl dalla faccia nera come l'ebano.

Ognuno di loro esaminò il piedino reale. Babúl lo guardò anche attraverso una lente d'ingrandimento. Allora Averroè, per non esser da meno, mise gli occhiali e Sidi Yussef, per fare il gradasso, esaminò il callo con un cannocchiale. Ma Sidi Yussef aveva sempre curato ricchi e nobili, e di calli in vita sua non ne aveva mai visti. Cosí disse: – È un'escrescenza...

– ... a forma di gobba di cammello! – concluse Averroè che aveva curato sempre e solo re, e ancor meno se ne intendeva di calli.

– Mio dotto collega, mi permetta, ma lei si sbaglia confondendo, io credo, il cammello col dromedario. Il primo è dotato di due gobbe, e la gobba sul piede della principessa è una sola, come quella del dromedario!

– Però è di colore bluastro! – precisò Averroè, a cui non piaceva essere contraddetto o corretto.

Alima, a sentir parlare di gobbe, dromedari e colore blu, impallidí e pensò per un attimo, ma solo per un attimo, alla sorella. – Voglio sapere cos'è! – pretese poi, pestando in terra il piede sano.

Allora Babúl, che era sí un grande medico, ma proveniva da una famiglia povera, e di calli almeno da bambino ne aveva visti, disse: – Mi pare un callo.

– Cos'è un callo? – chiese Alima.

– Un indurimento cutaneo di forma rotonda che si forma sulla pianta dei piedi a causa di uno sfregamento forte e frequente! – recitò Babúl come un'enciclopedia. Poi, soddisfatto di saperne di piú dei suoi dotti colleghi, continuò: – Se voi foste una povera raccoglitrice di datteri, di quelle che si arrampicano scalze su per i tronchi delle palme, o un pastorello che gira a piedi nudi sui terreni pietrosi dei pascoli, allora un callo sarebbe una cosa normale, ma in una principessa è un fatto curioso!

– Vergognoso! – urlò Alima. – Ditemelo pure, è vergognoso perché è un male da zoticoni, un malanno volgare! – E chiamò Fatima perché le confermasse che quello era proprio ciò che non aveva osato rivelarle: un callo. Poi, cercando di calmarsi, chiese alla governante:

– Come si cura?

– Oh principessa, non mi permetterei mai, tra tali famosi professori,

di suggerirle uno qualsiasi degli impiastri che usiamo noi poveretti e che, come vede, non son valsi a risparmiarmi la gobba. No, no... chieda ai dottori, è meglio!
I medici si guardarono tra loro perplessi: non avevano mai avuto occasione di curare un callo, ma non potevano ammettere la loro ignoranza.
Cosí Averroè prescrisse noce di cocco

triturata, mescolata a olio di argan, da spalmare sul callo per un mese. Yussef diede alla principessa delle pastigliette da deglutire per trenta giorni, e non disse a nessuno che

contenevano tra le altre cose sterco di mulo. Babúl prescrisse pediluvi bollenti in mosto d'uva, ogni giorno per un mese. E ognuno pretese che la sua cura non venisse seguita insieme alle altre.
Alima per il primo mese spalmò l'unguento di Averroè, ma l'unico risultato furono terribili scivoloni e rovinosi capitomboli, a causa del piede cosí unto.
Prese allora le pastiglie prescritte da Yussef ma, dopo un mese, quando rideva pareva che ragliasse come un mulo, senza peraltro aver ottenuto alcun miglioramento al piede.
Infine, per un altro mese, Alima fece

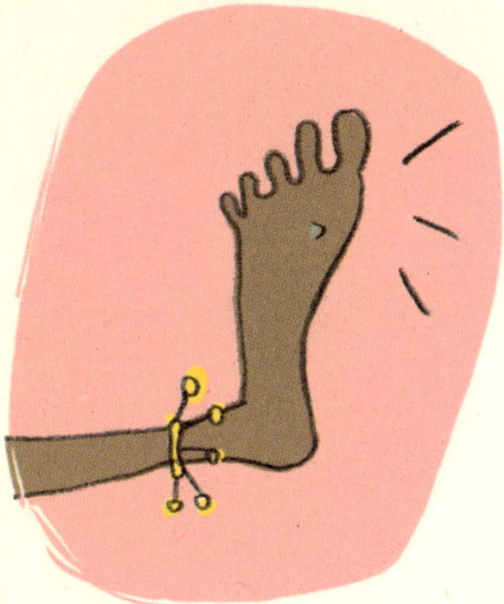

i pediluvi nel mosto d'uva, ma questi ebbero solo l'effetto di far diventare il callo ancora piú blu.

Insomma, non erano quelle le cure giuste. Ma quand'anche lo fossero state, quel callo, essendo frutto di magia, non sarebbe guarito ed era anzi ben piú doloroso di un normale callo.

Nel frattempo la principessa si disperava: quando camminava zoppicava e tanto meno poteva danzare. Si avvicinava tra l'altro la data del grande ballo di Abd el Sarik, ricco e affascinante emiro di un regno vicino, e

Alima, come molte altre principesse, era stata invitata. Si sapeva che quel ballo era stato organizzato perché l'emiro potesse scegliere la sua futura sposa e Alima sognava di essere lei la fortunata.

– Devo assolutamente guarire prima di quel ballo! – si ripeteva Alima, che non faceva che consultare nuovi medici e persino maghi e fattucchiere. Ma per quanti impiastri mettesse sul piede, per quanti intrugli ingurgitasse, niente pareva capace di mandar via quel callo.

Arrivò la data del gran ballo e la principessa Alima, non ancora guarita, vi si recò ugualmente, trasportata in portantina da paggi, e dichiarò che non avrebbe danzato perché osservava un intero anno di lutto per la morte del padre. Non appena vide Abd el Sarik, Alima se ne innamorò. Anche l'emiro rimase incantato dalla sua bellezza e la notò piú

di tutte le altre principesse che danzavano proprio perché era la sola seduta in una portantina, splendida come una perla in una conchiglia. Al termine del ballo la chiese in sposa, assicurando che avrebbe atteso il termine dell'anno di lutto.

C'era però l'usanza in quel regno che la madre dell'emiro si recasse, prima del matrimonio, ad esaminare la futura sposa, che doveva risultare perfetta sotto ogni aspetto. Solo dopo il suo parere positivo, l'emiro avrebbe potuto sposare la prescelta.

Alima tornò nel suo regno, felicissima ma preoccupata: aveva circa otto mesi di tempo prima del matrimonio e doveva assolutamente far sparire quel callo prima che la madre dell'emiro venisse a esaminarla. Avrebbe certo scartato una principessa con un volgare malanno da contadina!

Allora chiamò la vecchia governante e le disse: – Fatima, a niente sono serviti i rimedi di medici di fama e grandi maghi. Ho pensato che forse i poveri e i mendicanti saprebbero curar meglio il mio malanno, perché lo conoscono e ne patiscono. Chiamami a corte qualcuno di loro, cerca chi abbia avuto un callo e ne sia guarito.

Fatima ridacchiò sotto i baffi e disse:

– Questo è vero senz'altro, mia principessa, ma vi devo ricordare che tutti i poveretti sono ormai uomini blu, banditi da corte, sudditi di vostra sorella e nomadi del deserto!
Alima si morse le labbra contrariata. Poi le venne un'idea: – Non è forse vostro figlio uno di questi uomini partiti con mia sorella?
– Sí, principessa!
– Mandatelo dunque a chiamare! Fatelo tornare a corte, non gli verrà torto un capello, ma dovrà portarmi notizie su come poter curare questo callo.
La vecchia Fatima acconsentí e si allontanò sfregandosi le mani dalla

contentezza: le cose andavano proprio come si era augurata.
Lasciò passare ancora diversi mesi, perché Alima diventasse ancor piú impaziente, e intanto mise a punto il suo piano insieme al figlio, che sempre le portava notizie della principessa Laila.
Infine, quando mancava ormai poco tempo all'arrivo della madre dell'emiro, si presentò ad Alima: – È stato lungo e difficoltoso rintracciare mio figlio nel vasto deserto, ma finalmente Molud è qui.
Alima lo convocò e si guardò bene dal chiedergli notizie della sorella. Subito invece gli disse: – Voi poveracci, che

poggiate i piedi sulla sabbia bollente e vi arrampicate scalzi sulle palme, certo saprete cos'è un callo. Sapete anche come curarlo?
– Nessuno tra gli uomini blu soffre di quest'increscioso fastidio, principessa.
– Come mai? – si stupí Alima.
– Da quando nel deserto vive quella che noi chiamiamo «la saggia del Sahara», è diventato facile curare questo guaio.
– E chi sarebbe questa saggia e come fa a curare i calli?
– È una specie di fattucchiera, esperta in erbe e rimedi d'ogni tipo. Col succo di una pianta, che solo lei conosce, cura in un attimo i calli. Ma non posso portarvi

questo rimedio, la saggia lo concede solo a chi va a chiederglielo di persona.
– Conducetemi dunque da lei! – ordinò la principessa. Poi le venne in mente che non poteva entrare nel deserto perché, per sua stessa decisione, sarebbe stata arrestata dagli uomini blu.
Allora Fatima intervenne:
– Principessa, se mi è permesso un consiglio, basterà che vi dipingiate la faccia di blu.

Nessuno vi riconoscerà e non correrete rischi!
Alima lodò l'astuzia di Fatima,

si fece tingere la faccia di blu e volle partir subito con Molud.
A dorso di dromedario, proprio grazie a quell'animale che aveva cosí disprezzato, Alima attraversò il deserto, guidata da Molud. Infine arrivò alle dune Shegaga dove, in una semplice tenda, viveva la saggia del Sahara.
La donna, seduta su un tappeto, indossava un'ampia tunica e un turbante con un lembo di stoffa davanti alla bocca. Solo occhi, fronte e mani erano scoperti ed erano completamente blu.
Alima non rivelò chi era, le mostrò il callo, poi chiese:
– Tu conosci un rimedio per curarlo?

– Sí, signora, – rispose la fattucchiera.
– C'è una pianta, capace di crescere anche nel deserto, che noi chiamiamo turza. Spezzandone una foglia fresca, se ne ottiene un succo bianco come latte che, spalmato sul callo, lo farà subito sparire.
– Puoi indicarmi questa pianta? Voglio subito provare! – disse Alima.
E la saggia le mostrò un piccolo cespuglio di turza, proprio dietro la sua tenda. – Però devo avvertirti, – spiegò, – se nello spezzare la foglia dovesse schizzarti negli occhi anche solo una goccia della sua linfa bianca, diventerai cieca e nulla potrà curarti!

Alima, che aveva già una mano sulla foglia, fece un balzo indietro terrorizzata ed esclamò sarcastica:

– Vale proprio la pena, diventar ciechi per curare un callo! Io non voglio correre questo rischio. Spezzala tu, che sei certo piú esperta, e guariscimi il piede. Saprò ricompensarti!

La fattucchiera allora sorrise e disse:

– Mi pare che tu, principessa Alima, sia già cieca. Io ti ho subito riconosciuta, anche se hai la faccia blu. Tu invece... – E cosí dicendo la saggia, che altri non era che la principessa Laila, si scoprí il volto e ne sfregò via il colore blu che lo ricopriva. Poi spezzò la foglia di turza e

ne spalmò il succo sul piede della sorella. Subito il callo sparí.
– Ora però, – disse Laila, – dovrai perdere la testa, perché tre sono state le tue richieste e, come stabilito, te la farò tagliare.
A queste parole, Alima impallidí a tal punto che sbiadí persino il colore blu col quale si era camuffata. Poi si gettò ai piedi della sorella per implorarla, ma non ce n'era bisogno. Laila era buona e mai avrebbe fatto uccidere Alima. – Vai! – le disse. – Per me sei libera di tornare al tuo palazzo!
Alima allora scoppiò in lacrime, tutta la durezza del suo animo sembrava svanita

insieme a quel duro callo. Chiese perdono alla sorella e le propose di tornare con lei e di regnare insieme.
Laila tornò a corte e sposò il fido Molud, mentre Alima sposava l'emiro Abd el Sarik.
Laila però rimase sempre la principessa del deserto, a cui ritornava spesso per occuparsi con amore del suo popolo di nomadi, che anche oggi si chiamano uomini blu o Tuareg e ancora conoscono le proprietà e i pericoli della turza, una pianta che può render ciechi ma cura i calli.

INDICE

La principessa che leggeva troppe storie di principesse 5

La principessa Non Voglio e il principe Voglio 55

La principessa Belbignè e il principe Pennello 107

La principessa Mille Dispetti 161

La principessa Tosca e la strega Fosca 213

Un regno per due principesse 265

Finito di stampare nel mese di ottobre 2015
per conto delle Edizioni EL
presso CL Zanardi (Padova)